JN099711

浮き立つ筋をちろちろと舐め上げられる。

くびれのところもぐるりとなぞられて、ぞくぞくしてしまう。

たまらずに彼の髪を強く引っ張った。

「だめ、ほんとだめっ……も、も、出る……っ」

（本文P.93より）

Chara

脱がせるまでのドレスコード

秀 香穂里

キャラ文庫

この作品はフィクションです。
実在の人物・団体・事件などにはいっさい関係ありません。

目次

口絵・本文イラスト／八千代ハル

序章

「このシャツをお願いします」

「ありがとうございます。ただいまお包みいたしますね」

にこやかな店員に微笑《ほほえ》み返し、野々原朝陽《ののはらあさひ》はボディバッグから財布を取り出しながら店内を見回す。

四月になり、メンズファッションも軽やかな素材がそろってきた。

コットンにリネン。春夏らしい素材で創られた服たちにそっと触り、生地のよさにうっとりする。デザイナーや職人たちがこころを込めて創り上げた服がずらり。もちろん、工場で生産されたものがほとんどだろうが、ここに並ぶ服にはデザイナーの新鮮な息吹が感じられる。

ほんとうは新しい船出に向けてスーツからワイシャツ、ネクタイまでひと揃《そろ》え、といきたいところだが、財布事情がそれを許してくれない。

なにせ、ネクタイが一本三万円近くするのだ。今日買ったシャツは四万五千円。朝陽にとっては大金だ。

ハイブランドだけあって、チェックのコットンシャツにチノパンというスタイルの朝陽にも店員はしごく丁寧に接してくれる。もうすでに、何度かここに来店しているせいもあるだろう。顔なじみとなった店員が綺麗《きれい》な所作でシャツを薄紙で包む。それからブランドロゴの入った黒のショッパーに入れ、「ありがとうございます」と頭を下げる。

「いつもご来店ありがとうございます。今度ぜひ、そのシャツを着てご来店くださいね」

やわらかな声に、胸が温かくなる。

——あのときも、そうだった。

幼い頃からファッションに興味があった朝陽は、大人になったらこんな服が着てみたい、あんな服も着てみたいと想像をめぐらせたものだ。

そこで運命的に出会ったのがこのブランド——『ナイト・ギャルソン』だ。

モノトーンで構成されたシンプルながらもエッジの効いた服に、朝陽はたちまち魅了された。ハイブランドだったのですぐに買えるというわけにもいかず、高校時代、バイトでなんとか貯《た》めた金を財布に大事にしまい、新宿《しんじゆく》にある百貨店内のこの店に来たのだ。

あのときのことは一生忘れない。

そわそわしている学生服姿の朝陽に凛々《りり》しいスーツで身を固めた店員が声をかけてきて、あれこれと試着させてくれたのだ。

まるで、夢のようだった。

物語の中のお姫様になった気分です、と言ったら、店員は楽しそうに笑み崩れていた。

いろいろと試着させてもらえたものの、結局買えたのはネクタイたった一本。

それでも、朝陽には大きな決断だった。

なんと言ったって三万円もするネクタイなのだ。いまだってあまり余裕がないのに、高校生の身分でネクタイ一本に大枚をはたくのは勇気が要った。

しかし、あのときの店員が懇切丁寧に接してくれたからこそ、記念のネクタイはいまも朝陽の手元にある。

大切な大切な一本のネクタイ。素材はしなやかなシルクで、しっくりと手に馴染《なじ》む。艶のあるシルバーのダイヤ柄という遊びごころのあるデザインで、学生の頃は休日に締めていた。ネクタイもある意味消耗品だから、それはもう大事に取り扱った。

綺麗な逆三角形の結び目が作れるようになった頃、朝陽は大学に進学し、実家を出てひとり暮らしを始めた。

そして無事四年間の学生生活を終え、明日、いよいよ新社会人としての一歩を踏み出す。

今夜は緊張して眠れなさそうだなと苦笑し、朝陽は店員に礼を告げてきびすを返した。

1

翌日は朝から綺麗な春空が広がった。ふんわりとした青空には薄い雲がひとつ、ふたつ。新しい出発の日に好天とは幸先がいい。シャワーを浴びる間も鼻歌をうたい、ハムエッグにトースト、ミニトマトとフリルレタスのサラダにオレンジジュースという簡単な朝食を作る間も上機嫌だ。

東京《とうきょう》の下町にある築十五年のアパートは１ＤＫとこぢんまりしているものの、ベッドと書棚、テーブルに椅子、テレビぐらいだから、そうごちゃごちゃしていない。風呂とトイレがべつべつなのが気に入って、二十二歳になる今日まで穏やかにここで暮らしている。

テレビのニュースを眺めながら朝食を食べ終え、食器をざっと洗って着替えることにした。

今日のコーディネイトをしくじるわけにはいかない。

スーツにすることは決まっていたけれど、さて、どのブランドで攻めるか。作りつけのクローゼットの前でじっくり十分は悩み、結局手にしたのは最終面談でも着た明るいネイビーのスーツだ。いわゆるリクルートスーツだが、ここに、自分にとっての『ナイト・ギャルソン』デビューとなった記念のシルバーのダイヤ柄ネクタイを入れれば締まるだろう。

姿見の前でネクタイを締め、変なところはないか、何度もチェックする。ジャケットの肩幅も、袖丈も、スラックスの丈もぴったりだ。

これなら大丈夫。

自分に言い聞かせ、トレンチコートを羽織り、買ったばかりのビジネストートを提げて玄関に向かう。昨夜、ぴかぴかに磨いておいた焦げ茶の革靴に足を入れ、踵《かかと》をとんとんと叩《たた》いて、ドアを開けた。

やわらかな春風がふわり。

新しい季節の息吹に微笑み、朝陽は踏み出した。

ひとり暮らしをしている清澄白河《きよすみしらかわ》から半蔵門《はんぞうもん》線で出られる渋谷《しぶや》駅から、歩いて十分ほどのところにある白亜のビルを見上げ、朝陽は息を吸い込んだ。

今日から、ここに勤めるのだ。憧れの大手アパレルメーカー『オウリ』が擁するメンズブランドのひとつ、朝陽のこころを捉えて離さない『ナイト・ギャルソン』に。

二十代から四十代をターゲットにした『ナイト・ギャルソン』は、ファッション好きなら誰でも一度は手に取りたがるハイブランドだ。

その名が示すとおり、『ナイト・ギャルソン』は漆黒の夜をイメージした、黒メインの服が毎シーズンずらりと店頭に並ぶ。

鋭い襟のカッティング、長めの袖丈、タイトに絞られたウエスト。細身の男性にしか着られない、いまどきめずらしい着るひとを選ぶ服だが、それだけにコアなファンがついているブランドだ。

先鋭的で、退廃的。悪魔的とも称される『ナイト・ギャルソン』に、朝陽は十代の頃から魅せられていた。世はファストファッションであふれ、「これを着ていれば安心」といったムードに包まれるような、良くも悪くもベーシックなデザインがメインストリームになっている中で、『ナイト・ギャルソン』だけは頑としてイメージを崩さなかった。

その服を身に纏《まと》いたいなら、まずは身体《からだ》を絞る必要がある。ウエストにゴムが入ったゆるめのスラックスやパンツは一本もない。基本、S、Mの2サイズ展開だ。

高い襟のシャツをぴたりと肌に纏わせ、脚の長さをより引き立てる工夫がなされたスラックスを穿《は》く。ネクタイは締めても締めなくてもいい。白と黒のコントラストが美しい襟がついたジャケットを羽織れば完璧だ。

『ナイト・ギャルソン』はステッチひとつ取っても美しい。シャツ一枚が三、四万円以上する代物だ。なめらかなシルクや上質なコットン、リネンをスタイリッシュに切り取り、丁寧に縫い上げていく。その情熱ある作品たちに惹《ひ》かれ、金がない学生時代はひたすらファッション誌やネット情報を読みあさり、中古ショップでも状態のいいものを探していくつか買い集めた。

今年で設立されてちょうど十年目を迎える『ナイト・ギャルソン』のトップデザイナーはめったに表に出てこないため、謎に包まれている。運よく入社できた朝陽も、社内で会えるかどうかはまったくわからない。

デザイナーの名は華宮英慈《かみやえいじ》。ブランド設立初期の頃に雑誌インタビューを受けていた記事が、運よくネットに残っていた。そこから読み取るに、今年でたぶん三十五歳になるはずだ。

となると、二十五歳の頃に『ナイト・ギャルソン』を起《た》ち上げたということになる。凄《すさ》まじい情熱と才能があったのだろう。そしてそれはいまでも持続している。

晴れやかな十年目を飾る節目に入社できることが幸運に思えた。

どういうふうに服を売っていこう。大学時代はアルバイトにも精を出し、『ナイト・ギャルソン』正規店でシャツやジャケット、ネクタイを買っている。コートのような大物はまだ手が出ないが、これから働いて金を貯め、社割で買えるものならぜひ買いたい。

朝陽の希望職は、店頭販売だ。ひとりひとりの客に接し、『ナイト・ギャルソン』のアイテムを熱っぽく語りたい。

入社が決まったあと二週間の研修を過ごす中で、朝陽は一貫して「店頭に立ちたいです」と訴えてきた。

どんなに強く願っても配属先が望みどおりになるとはかぎらないが、熱意は本物だ。高校時代に受けた恩を朝陽は忘れていない。

あの夢のようなひとときを、今度は自分が客に提供したい。

弾む胸を抑えながらビルに入り、受付で名前を告げると、『ナイト・ギャルソン』のスーツに身を包んだ男性がにこりと笑い、「新入社員ですね。あちらの控え室でお待ちください」と言う。

「そこで社員証をお渡しします。各自の配属先は人事部長から通達しますので、椅子に座ってお待ちになっていてください」

「わかりました。ありがとうございます」

ビル内はブラウンとブルーでまとめられたシックなインテリアだ。壁には、各ブランドのラフ画が額縁に収まり、ずらりと並んでいる。

案内された部屋には二十客ほどの椅子が用意されていた。すでにスーツ姿の男性や女性たちがかしこまった顔で椅子に腰掛けている。皆、どこに配属されるのだろうと緊張した面持ちだ。

朝陽は一番前の席に座った。他の者は真ん中からうしろあたりを選んでいて、前の席はがら空きだった。

――どうか、どうか店頭に立てますように。

燃えるような想《おも》いが人事部長に届くことをこころから祈る。

深呼吸しつつおのれをなだめていると、五分ほど経《た》った頃に部屋にひとりの男が入ってきた。見覚えのある顔だ。

「おはようございます。人事部の部長、伊坂浩二《いさかこうじ》です」

四十代後半に差し掛かる伊坂の声に朝陽をはじめ皆いっせいに立ち上がり、「おはようございます」と頭を深く下げる。

「座ってください。まずは二週間の研修、お疲れさまでした。結構厳しかったでしょう。途中、脱落してしまったひとも数人いた中、ここにいるのは選ばれしひとびとです。全員で『オウリ』を盛り上げていきましょう。では、配属先をお伝えします」

いよいよだ。

膝の上でぎゅっと拳を握り、固唾《かたず》を呑《の》む。

ひとりひとり名前を呼ばれ、配属先を命じられる。店頭に立つ者、経理部に行く者、総務部に配置される者、デザイン部へと向かう者。

喉がからからに渇く。

「野々原朝陽さん」

「――はい！」

名前を呼ばれ、すっくと立ち上がる。

伊坂とまっすぐ目が合った。ひとのよさそうな顔が一瞬いたずらっぽく見えたのは気のせいだろうか。

「きみは『ナイト・ギャルソン』デザイナー・華宮英慈のアシスタントです」

「僕が……アシスタント？」

突然のことに声が掠《かす》れた。

あの華宮のアシスタントに？　この自分が？

「どうして、……そんな話に」

思わず問い返すが、伊坂が視線で止めてくる。

なぜ、なぜ店頭販売員ではなくて、あの華宮のアシスタントなのか。

頭の中が真っ白になって、なにも浮かんでこない。

「……以上です。皆さん、各自部署の上長から指示を仰いでください。ああ、野々原さんはちょっと残って」

「はい……」

悄然《しょうぜん》と肩を落とし、朝陽は意気揚々と部屋を出ていく新人たちを見送った。皆、希望どおりだったのだろうか。頬が紅潮し、新しい職場での仕事に目を輝かせている。

朝陽ひとりが部屋に残ったところで、伊坂が近づいてきた。そして気さくな感じで隣の席にすとんと腰を下ろす。

「驚いただろう。華宮さんのアシスタントを命じられて」

「……びっくりしてます。どうして僕が？　研修中も店頭販売をずっと希望していましたのに」

「華宮さん直々の指名だ。今年の最終面接の映像を全員分観《み》て、きみを気に入ったらしい」

「華宮さんが……僕を……で、でも、アシスタントなんてそんな。僕、服飾学校を出ているわけではありません。販売については、『未経験者大歓迎』とあったから絶対にここだと思ったのですが」

「『ナイト・ギャルソン』を愛するこころはあるよね？」

強く射竦《いすく》められたものの、自信を持って頷《うなず》く。

「あります」

「だったら問題ない。華宮さんについているアシスタントは全部で三人。そのうちのひとりが突然辞めてしまってね。後任を急いで探していたところなんだ。フレッシュなきみなら華宮さんにもいい刺激になる」

「ですが、ほんとうになんの知識もなくて」

「大丈夫大丈夫。なにごとも当たって砕けろだよ。さあ、華宮さんが待っている。挨拶に行こう」

「は、はい」

声を上擦らせながらも立ち上がり、トートバッグの取っ手を強く握る。

雲の上の存在だとばかり思っていたデザイナーに直接会える機会がこんなにも早く来るなんて。

困惑と喜びがない交ぜになり、気持ちの整理ができていないが、顔を引き締め、伊坂のあとについて人事室を出て、エレベーターに乗る。

「最上階に彼のアトリエがあるんだ。他のブランドのデザイナーはべつのビルで仕事しているが、『ナイト・ギャルソン』は我が『オウリ』社の顔だから。社長もたまに様子を見に行く」

「へえ……」

ゆっくり変わっていく階数表示を見上げた。この建物は七階建てだ。その頂点に、華宮は社長も差し置いて君臨しているのか。そう思うと武者震いがする。

いったい、どんな人物なのだろう。顔写真はどんなにネットを探っても出てこなかった。背が高いのか、小柄なのかすらもわからない。ただ、華宮英慈という名と三十五歳であるということだけだ。

ポーン、と軽い音が響く。伊坂の背を追いながら、ぴかぴかに磨かれた廊下を歩いていった先に、磨《す》りガラスの両扉が待ち構えていた。

「びっくりしないでくれ」

伊坂が肩越しに振り返り、茶目っ気たっぷりにウインクする。

「お待たせしました、華宮さん。新人アシスタントの野々原くんを連れて参りました」

磨りガラスを開いた先には思いがけずも広々とした空間があった。大きな窓を背にデスクが設《しつら》えられ、ひとりの男がこちらに背を向けてなにか読んでいる。雑誌だろうか。

ぱたん、と雑誌を閉じて男が立ち上がり、つかつかと歩み寄ってくる。そのよどみない足取りに内心たじろいだものの、朝陽の視線は長身痩軀《そうく》の男の顔に釘付《くぎづ》けだ。

「私が華宮英慈だ」

「は、……はじめまして、野々原朝陽と……」

「そのスーツ、たまらなくダサいな」

挨拶も終わらぬうちからばっさりと切り捨てられ、言葉を失う。

「色も形も野暮の極みだ。どこの店でそんなぼろ切れを買ったんだ？　きみの肌の色にもまったく合っていない。肩幅も、袖丈も。ネクタイは別格だが」

つらつらと小憎たらしいことを言う美丈夫に呆気《あっけ》に取られ、ただただその顔を見つめた。

明るい茶の地毛で、『思ってることがなんでもわかりそうだよな』と友だちにからかわれたことのある大きな目の朝陽とは対照的に、男――華宮は艶のある黒髪を綺麗に撫《な》でつけ、鍛え上げた逞《たくま》しい肢体を『ナイト・ギャルソン』のスーツで固めている。印象的なのは、その鋭い切れ長のまなざしと形のいいくちびるだ。すこし厚めの上くちびるがなんとも色香がある。『可愛《かわい》いよなー朝陽は』と言われる朝陽とは比べものにならないぐらい、完成された大人の男だ。

「まあまあ華宮さん、野々原くんも初日ですから許してやってください。一週間もすれば『ナイト・ギャルソン』に染まってくれるでしょう」

仲裁に入ってくれた伊坂をものともせず、じろりと華宮は睥睨《へいげい》してくる。

この厳しいまなざしを受けたら、誰だって逃げ出したくなるだろう。

だけど、朝陽は違う。

絶対に、なにがあっても、この『ナイト・ギャルソン』に入りたいと願ってきたのだ。

まだ、華宮のアシスタントになるという現実はいまいち飲み込めていないが。

艶が美しいシルクシャンタンでできたスーツは、間違いなく『ナイト・ギャルソン』のものだ。しかも、来シーズンのコレクションでトリを飾った特別な一枚。次の秋冬コレクションのショウは『ナイト・ギャルソン』公式サイトでも動画としてアップされ、朝陽は繰り返し観てきた。ランウェイを颯爽《さっそう》と歩く美しいモデルたちは思い思いに漆黒の服を身に着け、ぴたりとポーズを決めていた。

ショウは普通、最後にデザイナーが出てきて挨拶するものなのだが、『ナイト・ギャルソン』は違う。流麗なロゴだけが表示され、シンプルに終了した。

「そのスーツ……」

思わず声が出ていた。ダサいスーツだとか肌に合ってないだとか散々なことを言われたにもかかわらず、凛《りん》としたスーツに目を奪われていた。

「来シーズンのショウに出てきたものですよね。間近で見るとこんなに綺麗なんですね……」

華宮の眉がぴくりと跳ね上がる。

そのことに気づかず、朝陽は吸い寄せられるように一歩前に踏み出し、華宮の胸元に顔を近づけた。

「……やっぱり、ステッチもカッティングも最高です。ショウ用のものだから店頭には並ばないんですよね？　いいな……僕もそんなふうに着てみたいです」

「そんなふうとは、どんなふうだ」

「着ているひとの意識を高められるような、特別な一着です。鍛えた身体をストイックに魅せながら、ウエストはタイトに絞ってなんとも色気があります。スラックスもすごい。脚の長さが抜群に際立ちますね。靴はイタリア製ですか？」

「ああ。最高級レザーを使っている」

「さすがです」

ここまで『ナイト・ギャルソン』の服を完璧に着こなしている男は見たことがない。

襟元のステッチに目を凝らしていると、ぐいっと骨っぽい手で頭を摑《つか》まれ、遠ざけられた。

「そうじろじろ見るな。すり減る」

「す、すみません。あまりにも迫力があって」

こころからの賛辞を贈ると、一瞬だけ華宮の厳しいまなざしがほどける。瞳の奥で笑っているような気がした。

「おもしろい。底知れないバカか、計り知れない天才のどっちかだな。——野々原くん。きみはアシスタント業務というのがどんなものかわかるか」

「いえ、……申し訳ありません、わかりません」

「私から説明すると長くなるから、細かなことは他のアシスタントに聞いてくれ。きみを選んだ理由は、誰よりも『ナイト・ギャルソン』にこころを寄せていたからだ」

そのことが通じていたのは素直に嬉《うれ》しい。だが、それだけで彼の右腕となれるのだろうか。

不安が顔に出ていたらしい。華宮は肩をすくめてちいさく笑う。

「きみが案じるのもわかる。私だってまったく知識のない者をそばにつけるのは初めてだからな。そこで、試験的に半年、私のアシスタントとして働いてもらう。もし、きみに適性があると判断すればアシスタント続行となるし、合わないと判断すれば、きみの最初の希望どおり店舗販売へと赴いてもらう。悪くない案だろう？」

「そう、ですが……ほんとうに僕に務まるんでしょうか」

「なにごとも挑戦してみなければわからない」

華宮の言うとおりだ。

期待していた職場とは違うが、これは大きなチャンスではないだろうか。

夢にまで見た服を創るその本人のそばで働けるのだ。店舗販売ではわからないデザインの秘密も垣間《かいま》見ることができるかもしれない。

それに、なにより強い雄の磁力を発する華宮英慈という人間に圧倒されていた。

こんなに凜々しい男は見たことがない。

男という性を極上に、隙なく、完璧に仕上げたら華宮英慈になるのだと思わせるほどの強さを孕《はら》んでいる。

「どうだ。私のアシスタントになってみるか」

「はい、お願いします」

華宮から目が離せずに即答した。

よくよく考えれば、華宮のアシスタントになりたい者は大勢いるはずだ。夢の服を生み出す張本人の側近なのだから。

降って湧いたチャンスを摑み損ねている場合ではない。

『ナイト・ギャルソン』の中枢に関われるまたとない機会だ。

「力不足かもしれませんが、精一杯頑張ります。よろしくお願いします」

まだ混乱している中、上擦った声で言うと華宮が浅く顎を引く。

「では最初の仕事だ」

「はい」

「表通りにあるカフェで、ホットコーヒーを買ってこい。三人分、いますぐ」

低い声にも独特の色気がある。アシスタントとは名ばかり、お使い小僧のような仕事を命じる声はそこはかとなく甘さを感じさせる。

「は、はい？」

「早く行け！」

「はい！」

威圧的な命令に背筋をぴんと伸ばし、駆け出した。視界の隅で、伊坂が苦笑していた。


息せき切って三人分のコーヒーを買い求め、脱兎《だっと》のごとくオフィスに戻ると、コの字型に設えられたソファに華宮と伊坂が座っていた。

「遅い」

「すみません。ちょっとお店が混んでいて」

華宮は口の端に咥《くわ》えていた煙草《タバコ》を灰皿に押し潰すと、朝陽からホルダー付きのカップを受け取る。

「あの、お砂糖とミルクは」

「いらない」

濃いコーヒーと煙草をこよなく愛しているようだ。伊坂は「お砂糖、もらおうかな」と笑顔で手を出す。その穏やかな笑みにほっとし、スティックシュガーを渡した。

「座っても……よろしいでしょうか」

「いい」

「ありがとうございます」

思わず、「イエス、ボス」と言ってしまいそうな雰囲気だ。

おとなしくソファの端に腰掛け、自分用のホットコーヒーに砂糖二本とミルクをたっぷり入れる。マドラーでかき混ぜていると、視線を感じた。華宮がうんざりした顔をしている。

「……甘そうだ」

「甘いもの、苦手ですか?」

「苦手だ。太るだろう」

「でも、適度な糖分は大事です。脳を活発化させるためにも」

自然と言葉を紡いだつもりだったのだが、華宮と伊坂がそろって目を瞠《みは》っている。

ついで、華宮が、「こいつ、本物のバカじゃないのか?」と伊坂に耳打ちした。といっても声を抑えているわけではないので、丸聞こえだが。

バカと二回も言われたが、朝陽は鮮やかな感動に浸っていた。

妄想の中にしかいなかった華宮英慈が目の前にいる。生きて、動いて、喋《しゃべ》っている。

　――このひとが、『ナイト・ギャルソン』を創り上げたんだ。あの魅力的な服たちを。

　思えば思うほど感激してしまって、猫舌であるにもかかわらず、ついつい熱いコーヒーに口をつけてしまい、「あつ……っ」と声を上げた。

「猫舌なのか」

「はい。極度の」

「ふ、バカにも可愛いところはひとつぐらいあるものだな」

　三回目のバカを浴びせられ、朝陽は慎重にコーヒーをふうふうしながらゆっくり飲む。じんわりと甘くて濃い味が身体に染み渡り、意識が冴《さ》え渡ってくる。

　まっすぐ顔を上げ、華宮を見る。

　相当厳しい性格のようだが、彼が生み出すタイトなシルエットの服たちを思えば納得できる。

　選ばれし者だけが着られる服なんて、いまの時代、そうそうない。

「あの……いまさらですが、僕に華宮さんのアシスタントが務まるでしょうか」

「やってみなきゃわからないと言っただろう」

「さっき言っただろ。華宮さんじきじきのお達しだって」

　華宮本人、そして伊坂の言葉を反芻《はんすう》し、「でも……」と呟《つぶや》く。

「蒸し返すようですが、僕が志望したのは店舗販売です。確かに『ナイト・ギャルソン』の服を愛する気持ちは誰にも負けないつもりですが」

「なぜ店頭に立ちたがる？　あれはきつい仕事だぞ。一日中立ちっぱなしでじっと客を待つ。その間も店頭を綺麗にしたりバックヤードを管理する。接客に入ったら食事はおろか、トイレに行くこともままならない。なんで販売に携わりたいんだ」

「僕自身が……『ナイト・ギャルソン』の服に魅入られているので。その熱量を持ってお客様に、『ナイト・ギャルソン』の素晴らしさを伝えたいと思っています。立ちっぱなしなのも苦ではありません。学生時代、ずっとファミレスでバイトしてましたし」

華宮が睨《ね》めつけてくる。こんなに鋭い視線を受けるのも初めてで、新鮮だ。

――『ナイト・ギャルソン』のデザイナーならこうでなくちゃ。

「まったく堪《こた》えてないようだなおまえは……」

苦い顔をする華宮がコーヒーの入ったカップをゆらゆらと揺らす。

組んだ長い脚もソファの肘かけに添わせた手も決まっていて、まるで一枚の写真のようだ。

彼自身がモデルをやっていてもおかしくないほどに。

「とにかく、きみは私のアシスタントだ。いいな？」

「はい」

デザイナー本人からの命令とあらば、頷くほかない。

ほんとうならば、店頭に立ち、ライトを浴びながら商品を整え、お客様を待ちたかったのに。

未練が顔に出ていたのだろう。

「なにか文句が？」

ぎり、と睨《にら》んでくる華宮に慌てて首を横に振った。

「僕に務まることならなんでもいたします」

「ま、そう期待していない。使いっ走りがいいところだな。音を上げて三日で辞めたいと言い出すか、見物《みもの》だな」

焚《た》きつけられて胃の底がちりっと熱くなる。

一方的に喧嘩《けんか》をふっかけられて黙っている質《たち》ではないのだ。

「誠心誠意、務めさせていただきます」

昂然《こうぜん》と顔を上げ、そう言った。

なにが待ち受けているか、さっぱりわからないが、『ナイト・ギャルソン』を愛するこころは本物だ。

三日なんかで辞めてやるものか。

絶対に、食らいついてやる。

華宮の部屋を辞去したあと、伊坂に隣の部屋に案内された。

「ここがアシスタント部屋だ。もう他のアシスタントも来ているみたいだから、挨拶してもらおう」

「はい」

白い扉についている金色の丸いノブをがしゃりと回し、中に入ると、華宮の部屋よりもだいぶ狭いが、デスクが三つある。壁面は書棚で埋まり、さまざまな本や雑誌で埋め尽くされていた。

「おはよう、桐谷《きりたに》くん、皆木《みなぎ》くん」

「おはようございまーす」

「おはようございます、伊坂さん。そちらの方は?」

デスクでタブレットPCに向かっていた男たちがすかさず立ち上がる。ふたりとも、『ナイト・ギャルソン』の服を堂々と着こなしている。

ただし、対照的なふたりだ。

桐谷と呼ばれた男は理知的な印象の強いフレームレスの眼鏡をかけ、どことなく神経質そうな顔をしている。華宮のように、黒髪をぴしりと撫でつけていた。

片や皆木は、ブロンドに近い短い金髪で、にこにこしている。

「彼が新しいアシスタントの野々原朝陽くんだ。挨拶なさい、野々原くん」

「はじめまして、野々原朝陽と申します。若輩者で右も左もわかりませんが、ご指導のほど、よろしくお願いいたします」

深く一礼した。

「はじめまして、俺は皆木渉《わたる》。二十六歳です。仲よくやっていこうね」

「桐谷湊《みなと》です。二十九歳になります。以後、お見知りおきください」

挨拶ひとつ取ってもまったく逆の反応だ。

皆木は親しみやすそうでほっとするが、桐谷はいささか近寄りがたい。いまも眼鏡のブリッジをひと差し指で押し上げ、朝陽をじろじろと検分してくる。

「二週間前にひとり辞めちゃってバタバタしてたんだよね。野々原くんが入ってくれて嬉しいよ。一緒に頑張ろう」

「皆木、見たところ野々原さんはファッションアシスタントについてはド素人です。一から鍛えていかないと」

「まあまあ、穏便に行こうよ。前の子が辞めちゃったのも、あなたと華宮さんの圧に負けたからでしょ？　同じアシスタント、力を合わせてやっていかなきゃ。さ、野々原くん、きみのデスクはここ。好きに使っていいよ」

空いていたデスクに皆木が誘導してくれる。前任者が辞めたあと、まめに掃除しておいたらしい。長方形の白いデスクは綺麗なものだ。

「タブレットＰＣは会社から支給するものを使って。持ち帰りは禁止。ここで見たことや聞いたことは他言無用。華宮さんの斬新なアイデアを盗まれないようにね」

「わかりました」

デスクにトートバッグを置き、緊張気味に腰を下ろす。

まだなにもないデスク。

ここから、自分なりの仕事を生み出せるだろうか。

華宮英慈という唯一無二のデザイナーのアシスタントとして。

「じゃ、あとは頼んだよ。くれぐれも野々原くんがアシスタントとして長く続けられるよう、指導してやってくれ」

「かしこまりました」

「はーい」

桐谷と皆木がてんでにばらばらの挨拶をし、伊坂を見送る。

部屋の中でアシスタントが三人。なにをどうしたらいいのかわからない朝陽は室内をそっと窺《うかが》い、コーヒーサーバーが設置されているのを見つけた。

「あの、僕、コーヒー淹《い》れましょうか」

「おっ、早々に嬉しいな。でも今日は野々原くん着任記念だ。俺が淹れるよ。砂糖とミルクは？」

「多めでお願いします」

「俺と同じだね。ちなみに桐谷さんはブラックコーヒー派。そういうところまで華宮さんに影響されてるんだよね」

「皆木、余計なことは言わなくていい」

すでに着席している桐谷はタブレットPCに向かって無表情にカタカタとなにかを打ち込んでいる。

「ツンツンしてるけど、悪い奴《やつ》じゃないから安心して。ちょっとだけ厳しいけど。そういうところも華宮さん流」

こそっと耳打ちしてくる皆木にくすりと笑った。朗らかな皆木も、鉄面皮の桐谷も信頼できそうだ。

手際よく三人ぶんのコーヒーを淹れた皆木が朝陽の手元にマグカップを置いてくれる。

「明日、きみ専用のマグカップを買っておくよ。入社記念として」

「そんな、申し訳ないです。自分で用意します」

「いいのいいの、それがここの慣例。今日のところはお客様用のカップだけど、やっぱり自分専用のカップがあると落ち着くもんね。はい、砂糖とミルク」

「ありがとうございます」

木製の細いマドラーとともに、スティックシュガー二本とポーションタイプのミルクを渡された。

さっき華宮のところで飲んだばかりだが、先輩が淹れてくれたコーヒーはまたひと味違う。

砂糖を二本ざらりと落とし、ポーションミルクを垂らすところを見ていたらしい桐谷が深々とため息をついた。華宮みたいな反応だ。

「桐谷さん、甘いものは苦手ですか？」

「過度な糖分は身体によくありません。せめてシュガーは一本にしておいたほうがよいのではないかと」

「ですよね。頭ではわかってるんですけど、コーヒーは甘くしないと飲めなくて」

「お子様ですか」

綺麗な顔でつらっときついことを言う桐谷に思わず苦笑いした。

よほど華宮に心酔しているのだろう。ヘアスタイルも、引き締めた身体も、華宮から譲り受けたみたいだ。全体の印象としては、華宮のほうが雄の感覚が強いけれど。

逞しい肢体を黒の艶のあるスーツでまとめている皆木は桐谷よりも男っぽい。

「皆木さんのその髪は……染めてらっしゃるんですか？」

「そう、毎月こまめに染めてる。俺たちがいるのはファッション業界だからね、髪やメイクは自由なんだ。たまにネイルサロンにも行くよ」

「え、メイクされてるんですか？」

「してるよー。最近、メンズメイクもどんどん当たり前になってきてるからね。と言っても、普通のスキンケアにBBクリームを塗って、眉を描くぐらいだけど」

　さすが華宮英慈のアシスタントだけあって、美意識が高い。ちらっと視線を向けると、タブレットPCに目を落としたままの桐谷が、「私はやっていません」とにべもなく言う。

「桐谷さんはもともとが美人だからね。肌もめちゃくちゃ綺麗だし。週末ぐらいはスペシャルパックしてるんじゃないの？」

「まあ、土日の夜ぐらいは。ボディケアは欠かしませんが」

「皆さんすごいですね……僕、お風呂上がりにボディミルクを塗るぐらいです」

「そんなもんだよ。でも、ここで働いている以上、いつ華宮さんに呼ばれるかわからないからね。いきなり裸になれと言われてもいいように、日々の手入れは怠らない」

「は、裸？　アシスタントが？」

「採寸モデルを呼ぶ前に、俺たちがつき合うことがあるんだ。桐谷さんがSサイズのモデル体型、俺はMサイズの体型をキープしてる。野々原くんも呼ばれることがあると思うから、日頃から体型は維持しておいてね。いまのところ、桐谷さんと同じSサイズかな？」

「はい、『ナイト・ギャルソン』ではSサイズを購入しています」

「いまどき、服に合わせて体型を絞るひとというのも結構めずらしくなったもんだけどね。『ナイト・ギャルソン』は頑《かたく》なにソリッドな路線を崩さない。だからこそ、熱烈なファンがついてくれてるんだけど」

「なるほど……」

「野々原くんはアシスタント経験がないんだよね。一応、参考程度にどんな業務か教えておくよ」

気さくな皆木に頭を下げた。

「助かります。華宮さんからも、皆さんに伺ったほうが早いと言われたので」

「まず、マーケットの分析。いま、市場でどんなものがはやっているか、男女区別なくチェックする。これは服だけじゃなくて、世間的な流行の話ね。どんな映画が人気か、どんな本がベストセラーになっているか、テーマパークや観光地なんかのリサーチもする」

「映画に本……テーマパークもですか」

「たとえば映画だったら登場人物がどんな服を着ているか参考になるでしょ。昔の映画からヒントを得たりすることもよくあるよ。流行は繰り返すものだから。小説や漫画もそう。書かれているキャラクターの独創的な服装がアイデアのきっかけになることもある。テーマパークなんかは、人間観察に一番だね。大勢のひとがいっぺんに見られる。最新のトレンドを知りたいなら、テーマパークは最適なんだ」

「納得です」

「普通に街を歩いているときも人間観察は大事」

笑う皆木がコーヒーを啜《すす》る。

「ライバルブランドや古着屋をチェックすることも重要ですね」

　ＰＣから目を離さずに桐谷が呟く。

「競合相手がどんな角度からデザインを打ち出してくるかということを知っておくのは損じゃないですから。野々原さんが着ているスーツ、『ナイト・ギャルソン』ではないでしょう？　ネクタイはうちのものですけど」

「お見通しですか⁉」

　驚くと、桐谷が得意げに眼鏡を押し上げ、ふっと笑う。

「五年前に販売したネクタイですね。そのシルバーのダイヤ柄、一番人気だったんですよ。よく買えましたね。うちの熱烈な顧客でも買えなかったと嘆いていたひとがいたのに」

「初めて買った『ナイト・ギャルソン』のアイテムなんです」

「想い出の品というわけだ。そういうのってすごく大事。俺も入社記念に買ったネクタイ、いまでも大切に使ってるもん。んで、次に大事なのが華宮さんが立案するコンセプトへのチェックかな」

「華宮さんに意見できるんですか？」

「アシスタントは、ね。デザインそのものは華宮さんの中から生まれてくるけど、それが市場に出たときに受けるものかそうでないかのジャッジはやっぱり第三者の意見も必要だから。俺と桐谷さんはよく呼ばれる」

「僕にはその出番があるんでしょうか」

「じっくり取り組んでいけば大丈夫。ああ見えて華宮さん、面倒見がいいから。たまに鬼だけど」

両手のひと差し指を頭に突き立てる皆木に、桐谷が「こら」とたしなめ、思わず吹き出してしまった。いいコンビだ。

「最大に重要なのは年に二回のコレクション。スプリング／サマーのSS、オータム／ウインターのAW、このふたつのコレクションで華宮さんの本領が発揮される。紙に描いたデザイン画からパターンを起こして、パタンナーやお針子さんと一緒にサンプルを創る。仕様書を工場に送って仕上がったものを隅々までチェックして、理想どおりの型ができたらパーフェクト。ただ、コレクションはサンプルの状態の物も多いから、実際に市場に出ない商品もあるね。まれに、華宮さん自身がパターンを起こして仮縫いからサンプルまで仕上げることもあるぐらいだよ」

「すごい……そこまでなさっているとは思ってませんでした。思っていた以上にデザイナーって忙しいんですね」

「そりゃもう一年中アンテナを張ってるよ。それをサポートしていくのが俺たちの仕事。コレクションでは会場やスタッフの手配もするし、ランウェイに出るモデルの対応をすることもある。一年に二回のお祭り、きみも味わったら絶対に虜《とりこ》になるよ」

「忙しすぎて水を飲むのもやっとですけどね。コレクション中はゼリー飲料で乗り切ります」

桐谷が言い添えたことで、華やかなファッション業界の裏側の厳しさをすこしだけ知ることができた。いままでは店にふらりと行き、並べられた商品をうきうきと眺めるだけの立場だったが、一歩中に入ってみれば、想像以上に大勢のひとが関わっているのだ。

そのど真ん中に、自分はいま、いる。

まだなにも知らないことばかりだけれど、好奇心は募る一方だ。

知らないことを知りたい。その欲求は、幼い頃からあった。とりわけ、『ナイト・ギャルソン』の服に出会ってからは、その想いが強くなった。

「……アシスタント、やってみたいです。失敗ばかりしてご迷惑をおかけするかもしれませんけど、一生懸命努めます」

「その意気その意気。まあ今日は初日だから、ゆっくり行こう」

コーヒーを飲み飲み相づちを打っていると、デスク上の電話が鳴る。いち早く桐谷が取った。

「桐谷です。……はい、はい、おります。いま向かわせます」

短く返答して受話器を置いた桐谷が、視線を向けてきた。

「野々原さん、華宮さんがお呼びです。すぐに彼の部屋に行ってください」

「はい！　あ、皆木さん、コーヒーごちそうさまでした」

「うんうん、こちらこそ。早くも一発目の仕事かな。カップはそのままでいいよ。俺が洗っておくから。行ってらっしゃい」

「すみません、行ってきます」

ありがたく頭を下げ、野々原は部屋を飛び出した。


「遅い」

扉を開けるなり怒鳴られた。

「申し訳ありません」

隣の部屋から弾丸のように突っ走ってきたのだから三十秒も経っていないはずだ。

華宮はジャケットを脱ぎ、ワイシャツ姿だ。ネクタイの先端をシャツの胸ポケットに入れ、デスクの前で仁王立ちする。

「脱げ」

「……はい？」

「脱げと言ってるんだ、早く。いますぐ」

「わ、わかりました」

早速採寸チェックするらしい。まだ朝の光が入る部屋で服を脱いでいくのは恥ずかしかったけれども、上司命令だ。従わないわけにはいかない。

もたもたと服を脱ぎ、下着一枚の姿になった。

「靴下も脱げ」

「はい」

言うとおり、ネイビーの靴下を脱いで裸足になる。

正真正銘、ボクサーパンツ一枚の姿で華宮の前に立つ。隙のない鋭い視線に晒《さら》され、頬が熱くなる。

かつかつと靴音を響かせ、華宮は朝陽の周りをぐるりと一周した。

「悪くはないが……もうすこし胸筋が欲しいところだな。手足の長さは……」

手にしていたメジャーを伸ばし、華宮は朝陽の手、脚の長さを測る。肩から手首まではまだいいが、腿《もも》の付け根から足首までの採寸はちょっとくすぐったくて身じろいだ。

「動くな。しゃんとしてろ」

「は、い」

続いて胸にもメジャーが回る。ウエストにも。首の長さまで測られた。それを逐一ノートに書き取っていく華宮を目の端でちらりと見ながら、朝陽はしっかりと足を踏ん張ることに集中した。

それでも、華宮の大きな手が肌を掠《かす》めるたび、ざわりと身体の奥で覚えのない熱が湧き起こる。憧れの男に触れられているのだ、気が張り詰めているのだろう。そう自分に言い聞かせるが、胸はどくどくとやかましい。

「脈が速いな。緊張しているのか」

手首のサイズを測っていた華宮の声に、「すこし……」と答える。

下手な嘘《うそ》はつけない。十三歳も上の男はなんでもお見通しだろう。

頭の鉢まで測られ、一瞬も油断できない。

姿勢よく、ただじっとしている。

視線だけを動かし、あらためて華宮の部屋の様子を窺った。

奥行きのある室内の壁一面が作りつけの書棚になっている。アシスタント部屋とは比較にならないほどの書籍が詰め込まれていた。窓は三枚あり、そのどれもがロールスクリーンだ。いまはすべてのスクリーンが上がっていて、通りの向かいにある雑居ビルが見える。

床は板張り。華宮の靴音がよく響く。どこにも埃《ほこり》ひとつ落ちていないところから見ても、華宮は徹底した綺麗好きのようだ。

片側の壁にはプロジェクターからの映像を映し出すためか、大きなスクリーンがかかっている。接客用のコの字型のソファとはまた違い、スクリーン前にはひとり掛け用のどっしりとした黒い玉座のような椅子が置かれている。

あそこに座り、華宮はさまざまな映像を目にするのだろうか。その中にはもちろん、『ナイト・ギャルソン』コレクションムービーもあるに違いない。

その右端にラックがあって、数着のスーツとシャツがハンガーに掛かっていた。どれもシックな黒だ。

きっと、華宮が着ているものと同様、来シーズンの新作か、はたまた試作か。

「よし、これを着てみろ」

採寸を終えた華宮がラックからシャツとスラックスを手渡してくる。

手にしたシャツはつるりとした素材だ。手触りからして上質なシルクだろう。渡されたスラックスは見るからに細身だ。

「失礼します」

一応挨拶してスラックスを穿く。太腿をきゅっと締め付けるような感覚が鮮やかだ。裾はいくらかフレアになっている。

シャツのほうはというと、これまた胸、ウエストのあたりが非常にタイトな作りだ。コルセットのような作りになっていて、背面に通った紐《ひも》を締めるとより身体のラインが艶《なま》めかしく出るらしい。

襟が大きく開いているシャツのボタンを留めるのに四苦八苦していると、ため息をついた華宮が近づいてきて、「私がやる」と手を伸ばしてきた。

難なくボタンをはめ、「うしろを向け」と言われておとなしく背中を見せた。

紐をきゅっと締め上げられて、自然と胸が前に出る。姿勢がよくないと着られない一着だ。

「これでいい。こっちを向いてみろ」

命じられたとおり、正面を向く。顎に手を当てた華宮がじろじろと見つめてきて、襟の開き具合を調整したり、ウエスト部分を引っ張ったりする。

「……まあ、最初はこんなものだな。ウエストはいいが、胸は鍛えてほしい。ジムには通っているか」

「いえ、通ってません」

「なら、私が紹介するジムに週二回通うように。終業後にそこで身体を鍛えろ」

「でも、あの……」

「でも？」

華宮がぎらっとした視線を向けてきた。

「お金が、そんなになくて……すみません」

ほんとうのことだった。学生時代アルバイトで貯めた金を大事に使ってきたけれども、大学は奨学金制度を使って卒業したのだ。無事就職したとなったら、その返済もあるし、毎日の生活もある。

「私と話すとき、『でも』はなしだ。一度しか言わないからよく覚えておけ」

だから先ほど、伊坂に『こいつは本物のバカなのか』と囁《ささや》いていたのだ。あのとき、朝陽は

「でも」と言ってしまった。そしていまも。

だけど、ジムに通えるほどの余裕がないのは事実だ。しかも、華宮が紹介してくれるところならば、間違いなく高級会員制ジムだろう。月額料金がいくらか聞くだけでも怖い。

胸中を読んだのか、呆《あき》れたような顔の華宮が腰に手を当て、胸を反らす。

その王者然とした姿に思わず見入ってしまった。

生まれながらのサラブレッド。裕福な暮らしを享受した者だけができる傲慢とも言える仕草が、不思議と華宮にはよく似合う。

「ジムの会費は私が出す。そんなことは心配するな。きみは私のために身体をちゃんと鍛えろ。いつ採寸されてもいいように」

「……申し訳ない気がします。華宮さんには今日会ったばかりなのに、ジム会費を出していただくのは」

「誰がきみのボスだ？」

「華宮さんです」

すぐさま即答した。

「そうだ、私がきみのボスだ。ボスの言うことに逆らうな。いいか？　それと、コーヒーを飲む際のシュガーは一本まで。ミルクはなし。慣れろ。きみは自炊するのか」

「下手ですが、します」

「だったら、あとで適正なカロリーを算出した健康的なレシピを渡す。それに従って一か月、自炊しろ。嘘のように身体が引き締まるぞ」

淡々とした華宮の言葉に、なんとも言えない感激を味わっていた。

ひとによってはこれをパワハラと取るケースもあるのだろう。

しかし、朝陽は違う。

誰かに叱られる、身を案じられることがなかったから、華宮の言葉は水のように身体に、意識に染み渡っていくのだ。

「……華宮さんが初めてです……」

「うん？」

「僕、いままで誰にも怒鳴られたことがなかったし、心配されることもありませんでした。だから、ありがとうございます」

こころからの礼を告げると、華宮は一瞬困った顔をする。

「とんだお坊ちゃまだな。蝶《ちょう》よ花よと育てられたか」

「そういうわけでは――」

曖昧に言葉を濁し、笑みを向ける。

それ以上聞き出せないと悟ったのだろう。華宮はふいっと横を向き、「もう着替えていい」と言う。

「それと今夜、予定はあるか」

「いえ、とくにありません」

「なら、私と食事だ。私のアシスタントになる以上、大勢のひとと会食に出る機会がある。そういった場で恥をかかないように躾《しつ》ける。食べる仕草にも品が表れるからな。フレンチだ。夕方十八時になったらまたここに来い。以上だ」

「わかりました」

急いで元のスーツに着替え、身に着けていた衣服をハンガーに掛け直す。

華宮はもう、デスクに向かい、真剣な表情でノートを見つめている。

彼の邪魔にならないよう、朝陽はそっと一礼して部屋を出た。

2

十八時ちょうどに華宮《かみや》の部屋の扉をノックした。

それまでは、アシスタント部屋で桐谷《きりたに》、皆木《みなぎ》コンビからアシスタントのいろはを教わっていたのだ。とくに服飾専門校を出ているわけではないから、デザインやフィッティングについて口を出すことはできない。アシスタントとしても一番下っ端なので、先輩たちや華宮の求める飲み物を買いに行ったり、大量の郵便物をえり分けて渡したり。正直なところ、お使い小僧である。

——やっぱり、店舗に立ちたかったな。

華宮本人の指名はもちろん嬉しいのだが、デザインについて詳しい知識があるわけではないので、暇な時間もできてしまう。

『そういうときはとにかく、書棚に詰まっている本や雑誌をめくるといいよ』と皆木にアドバイスされた。

いつ発行されたものかわからないほど古びた美術書に写真集。古今東西の名作小説。朝陽《あさひ》でも知っている最近のベストセラー小説も並んでいた。どの本もきちんと埃が払ってあって、皆木たちもボスにならって綺麗好きなのだと知った。

そんな本たちをぱらぱらとめくっているうちに、時間がやってきた。

一分でも遅れたらまた叱られる。叱られること自体はいいのだが、華宮の大切な時間を奪いたくない。

というわけで十八時きっかりにノックし、「入れ」という言葉に扉を押し開けると、すでにトレンチコートを羽織った華宮がビジネスバッグを提げて待っていた。

「タクシーで銀座《ぎんざ》に向かう。車はもう電話で呼んであるから、数分でビル前に着くだろう」

「はい。あの、お鞄《かばん》持ちましょうか?」

「そこまではしなくていい」

冷静な男とふたりエレベーターに乗り、ビルの玄関に向かう。

彼の言うとおり、すでにタクシーが横付けされていた。

先に華宮が乗り込む。

「銀座の和光《わこう》の前につけてくれ」

「かしこまりました」

ネオンで輝く窓の外をじっと見つめる間、とくに会話はなかった。

今日顔を合わせたばかりの上司と初めての食事。

なにを話せばいいのだろう。テーブルマナーは上手にできるか。

考えれば考えるほど気が張ってくる。

いいところを見せたいなんて思わないけれど、失礼のないようにしなければ。

車は大勢のひとで賑《にぎ》わう銀座のアイコン、和光の前に着く。

「降りろ」

うながされ、先に車外へと出た。会計を終えた華宮が続く。

四月の夜はやはりまだすこし冷え込む。トレンチコートの前をしっかり閉めた朝陽とは違い、華宮は華麗にコートの裾をはためかせ、目的のビルへと闊歩《かっぽ》する。脚が長いせいか、一歩の幅が大きい。油断していると置いていかれそうで、早足になった。

和光から歩いて三分ほどのシックな外装のビルに入り、最上階を目指す。

店の入口で「華宮だ」と名を告げれば、黒服の店員が上品な笑みを浮かべる。

「お待ちしておりました、華宮様。いつものお席をご用意しております。コートをお預かりしますね。お連れ様も」

「野々原《ののはら》。コートを渡せ」

「あ、はい」

急いでコートを脱ぎ、簡単に形を整えてから黒服に渡す。それから、店の一番奥に設えられた個室へと連れていかれる。

やさしいクリームベージュとブラックでまとめられたシックなインテリアは、さすが銀座の一等地に建つフレンチレストランだけある。

四人掛けのテーブルに向かい合わせに座った。大きく取った窓からは夜の銀座が一望できる。まぶしい街灯やビルのネオン、通りを走る車のテールランプに見入っていると、華宮がちょっとおもしろそうな声をかけてきた。

「こういうところは初めてか」

「はい。銀座自体、縁がなくて。緊張……します」

「そう強張《こわば》らなくていい。ここの料理はどれも美味《うま》い。しっかり食べろ。苦手な食材はあるか？」

「ありません」

「腹は減っているか」

「はい」

「なら、メインは魚と肉の両方にしよう。酒はいける口か」

「そこそこです」

「じゃ、軽めの白ワインだな」

黒服がちょうどいいタイミングで部屋に現れ、華宮からオーダーを聞き取る。

「メインの牛フィレはミディアムレアで。それと、このハウスワインをふたつ」

「かしこまりました。お飲み物は先にお持ちしますか」

「ああ、頼む」

黒服が頭を下げて出ていったあと、朝陽は溜《た》めていた息を吐き出す。

「華宮さん、ここにはよくいらっしゃるんですか」

「そうだな、二、三週間に一度は。桐谷や皆木を連れてくることもある」

「楽しそうですね」

「皆木は大食らいだし、桐谷はザルだ。あいつらをここに連れてくると、店中の食材と酒がなくなりそうだ」

オフィスを離れたからか。華宮の声はいくぶんか穏やかだ。

白ワインと、華やかな前菜が運ばれてきた。

サーモンの自家製スモークに、うずらのたまごにイクラが添えられ、塩味のクルトンがちりばめられていた。

「まずは乾杯しよう。ようこそ、我が『ナイト・ギャルソン』へ」

「ありがとうございます」

薄いグラスの縁を触れ合わせ、ひと口飲む。すっきりとした辛口で、芳醇《ほうじゅん》な味わいだ。

「……いただきます。ん、美味《おい》しい……！」

「口に合ったか」

「すごく美味しいです」

「ならよかった」

濃いめに味付けされたスモークサーモンとワインがよく合う。イクラはぷりっとして甘く、口の中で弾《はじ》ける。

スープはふたりとも、オマール海老《えび》のビスクにした。とろりと濃厚な味わいが癖になりそうだ。夢中になって食べていると、肩肘をついてワインを味わっていた華宮がくすりと笑う。

「きみはちょっと皆木に似ている。よく食べ、よく寝て、よく遊んでいるか」

「よく食べ、よく寝るところは似てますけど、『ナイト・ギャルソン』に入るまでは必死でしたから……よく遊べ、というのは当たってないかもしれません」

「休日はどう過ごしているんだ」

魚料理が運ばれてきた。イトヨリのポワレをほうれん草が艶やかに彩り、カブとトマトが皿の周囲をぐるりと囲んでいる。

ずらりと両脇に並ぶフォークとナイフ類のどれを使うのかと悩んでいると、「端から使え」と言われた。

「食べにくかったら箸もあるだろう。好きに使え」

「はい、ありがとうございます」

ほっとし、とりあえずは一番端にあるフォークとナイフを手に取った。ふわふわしたイトヨりにすっとナイフを入れ、口に運ぶ。

「美味しいです……！」

語彙力《ごいりょく》のない自分が恨めしいが、ほんとうに美味しい。ゆっくり味わおう。

「休日は、家のことに専念します。部屋を掃除したり、洗濯したり。あまり上手じゃないですけど、料理もなんとかします。それと、散歩でしょうか」

「散歩か」

年寄りかとからかわれるかと思ったが、意に反して華宮はちいさく笑っていた。ワインのせいで男っぽさがやわらかにほどけていくのを目の当たりにすると、同性の自分でもどきどきしてしまう。

「散歩はいい。私もよくする」

「華宮さんもですか？　なんだか想像つきませんが……」

「デザインに行き詰まったときにぶらりと出かける。オフィスの周りはカフェが多いだろう。毎日違う店に顔を出して、その店その店のコーヒーを飲みながらアイデアを練るんだ。風呂に入っているときはよくインスピレーションが湧くな」

「リラックスしているからですね、きっと。僕もお風呂は大好きです。スマートフォンと飲み物を持ち込んで、電子書籍を読んだり、動画を観たり」

「ぼうっとする時間も大切だな」

「そうですね」

いまもって、あの華宮英慈《えいじ》とふたりっきりで食事しているという事実が信じられない。

それでも現金なもので腹は減っており、出される料理はすべて綺麗に平らげた。

メインの牛フィレが運ばれてきたときだ。

「きみの生い立ちを聞かせてくれ」

唐突に華宮が言う。

「履歴書には書かれていない、きみが過ごしてきた日々を教えてくれ」

「僕の……過去ですか。そんなにたいしたことはないから、さしておもしろいとは思えないんですが」

「それでもいい。聞きたい。どんな幼少期を過ごしてきた？」

「幼い頃、ですか」

華宮の誘導によって、灰色の日々が脳裏によみがえる。

綺麗な手つきで肉を切り分けている男をじっと見据え、――住んできた世界がまるで違うんだなと実感する。

正しいフォークとナイフをとっさに選べない自分は、なんとか大学まで出たものの、ひととして当たり前の教養がない。品もない。

そんな自分を知ったら、華宮は幻滅するだろう。

それも、ひとつだ。今日出会って今日失望されるなら、話が早い。アシスタントにしておくなんてことを諦め、店舗に出してくれるかもしれない。

憧れの男に呆れられるのは怖いけれど、嘘をつくことはできなかった。

「僕の……両親は、僕を顧みるひとではありませんでした。父、母ともにギャンブル好きで、いつも家計は火の車で、僕はしょっちゅう放っておかれました。食事も、コンビニをはじめ、外食ばかりでした。でも、寝る場所があっただけでも幸運なのかもしれませんね」

ひと足先にメイン料理を食べ終えた華宮は黙って聞いている。

黒に近い濃い灰色の世界を思い出すと、いまでも胸の底がずしりと重たくなる。

何度逃げ出したいと思ったことだろう。だけど、ギャンブルに負けて酒に酔った母が啜り泣きながら、『朝陽、ごめんねえ』と呟くたび、家を出るのをためらった。

「僕はいつも誰かのお下がりばかり着ていました。ダウンジャケットは肘に穴が開くまで着ました。同級生に『服も買ってもらえないのかよ』って言われるのがつらかったな……。だから、母が買い込んでくるファッション誌に逃避したんです。母はギャンブルでたまに大勝ちすると、見境なくブランド物を買うひとでしたから。で、家計が危うくなるとそのブランド品を売ってまたギャンブルにのめり込んで……そんな繰り返しの中、いつか絶対に自分が稼いで、自分の好きな服を買いたいと強く思うようになったんです」

すこし冷めた肉を切り分け、口に運ぶ。美味しいはずなのに、いまいち味がわからない。残すのはもったいないから、無理矢理詰め込んだ。

「高校生の頃でしょうか。雑誌で、『ナイト・ギャルソン』の服を見てひと目で虜になったんです。こちらを強く睨み付けるようなモデルが漆黒の服をまとってポーズを決めているのがほんとうに格好よかった。どんな境遇にあっても、自分は自分だってメッセージが込められている気がして」

「……それが、『ナイト・ギャルソン』との出会いか」

「はい。こんな服を着られたら、僕は絶対に強くなれる。いまとは違う人間になれる。そんな気がしたんです」

「だからうちに？」

「そうです。店舗販売は未経験者優遇と書いてあったので、とりわけ専門知識がない僕でも、現場でいろいろ学べていけたらいいなと思って……がっかりされたでしょう」

三分の一ほど残した肉料理が下げられ、デザートとホットコーヒーがサーブされた。

ブラックコーヒーに口をつける華宮は黙ったままだ。

ゆっくりとデザートを食べ終え、「……なるほど」と呟いた華宮がまっすぐ顔を上げた。

「きみの自立に私のブランドは役に立っただろうか」

「それはもう。大学入学をきっかけに独り立ちして、バイトしながらすこしずつ『ナイト・ギャルソン』のアイテムを集めました。とは言っても、シャツやスラックス、春秋物ならカーディガンが精一杯で、コートの大物はまだですけど。あの、こんなところで聞くのはなんですけど、『ナイト・ギャルソン』の社員になったら、社割って利きますか？」

「ああ。六掛けで購入することができる」

「だったら、僕にもコートが買えるかな」

口元をほころばせ、「すみません、つまらない話を聞かせて」と頭を下げた。

「豊かな暮らしをされてきたでしょう華宮さんにお聞かせする話ではありませんでしたよね。『ナイト・ギャルソン』にふさわしい人間ではないかもしれません」

「いや」

きっぱりと華宮が答え、首を横に振る。その目はどこか沈んでいたが、声には力強さがあった。

「――私の創る服のテーマのひとつに、『独立』がある。『孤立』ではなく、『独立』だ」

「独立……」

「多くのひとが大衆の中に埋もれてしまいたがる時代の中で、『ナイト・ギャルソン』は独立を目指している。右を向いても左を向いても似たような服、悪目立ちしない服が生み出されているが、私の創る服は違う。ひとりの男がきちんとした大人の男になるためのステップとして、『ナイト・ギャルソン』はある。奇異な目を向けられても、自分の人生は自分が決める強さを私は与えたい。つねにそう思っている」

身の上話を披露して、『つらかっただろう』とか、『寂しかっただろう』と言われるかと思った。しかし、華宮は違う。やはり、独創性の強い服たちを十年創ってきただけのことはある。彼自身、時代の流れに逆らいたいところもあるのだろう。

いまのファッション業界はワンシーズンで着倒し、次のシーズンまで大切にしない。ファストファッションで手軽に流行を採り入れ、着潰すのが当たり前だ。

そこへいくと、『独立』というメッセージが込められた『ナイト・ギャルソン』のアイテムは、五年、十年着てもへたれないほどのしっかりした素材と縫製を誇る。だからこそ一商品ごとの価格が高くなるのは当たり前なのだが、消費者にはそのことがどこまで届くか。『ナイト・ギャルソン』をこよなく愛する朝陽でも、現在のファッション業界が大変な時期に差し掛かっていることはよくわかっている。サステナブルが叫ばれる時代だ。

動物愛護団体の訴えによりリアルファーを使わなくなったブランドも多いし、人件費や倉庫代を抑えるために、実店舗を閉店し、通販のみに踏み切るブランドもすくなくない。

「……とまあ、大きな口を叩いたが、『ナイト・ギャルソン』だって無傷というわけじゃない。この二年ほどはリアル店舗が三つ、テナントから撤退している。『オウリ』の社長からはいずれは『ナイト・ギャルソン』もネット通販のみにすべきじゃないかと言われているが、私は断固阻止したい。春夏、秋冬のショウも続けるし、むやみに安い素材を使って価格を下げようとも思わない。『ナイト・ギャルソン』の顧客のためにも、引き下がれない」

華宮の言葉に、――そうか、と納得する。

『ナイト・ギャルソン』は、大手アパレルメーカー『オウリ』が擁するブランドのひとつだ。いまは華宮が鋭い才能を発揮しているからファンもついてくるけれど、顧客たちがすこしずつ離れていったら採算が取れないと『オウリ』社長が判断した際には、全リアル店舗のクローズもあり得るのだ。

「『オウリ』からの独立はお考えになってないんですか?」

「いまはな。『オウリ』の販売ルートを手放してまで独立するのは死に等しい。無理に独立すれば代官山《だいかんやま》か中目黒《なかめぐろ》あたりにちいさな店舗をひとつだけ構えて、いまの二倍以上の価格で販売することになる。それに、社長の河合《かわい》さんとはいまのところ小競り合いしつつもなんとかやっている。私自身が建てたブランドだとしても雇われデザイナーなのは間違いないが……ブランドそのものを『オウリ』から切り離すことは考えていない。ブランドコンセプトの『独立』とは相反してしまうがな。――私の話こそ、がっかりしたんじゃないのか?」

「そんな、とても興味深かったです。『独立』か……大切ですね。僕も早いうちに実家を出てよかったといまでは思っています」

「ご両親とは連絡を取っていないのか」

「月に一度か二度、電話はしてます。あと、仕送りも。たいした額じゃないですけど」

くすりとちいさく笑った華宮が、「そろそろ帰ろう」と黒服を呼ぶ。

「あ、僕のぶんは出します」

「なにを言ってる。誘ったのはこちらだぞ。私が出すから心配するな」

「でも……」

「でも、はなしだと言っただろう」

「すみません。じゃあ、あの……ありがたくごちそうになります」

やってきた黒服にチタンのクレジットカードを渡した華宮がなんでもないといったふうに頭を振る。

「きみの口癖から、『でも』と『すみません』をなくさないとな。私のアシスタントである以上、もっと胸を張ってほしい」

「僕、アシスタントでいられるんですか？　生まれも育ちもよくないのに」

「きみは『ナイト・ギャルソン』の本質を見抜いている。私のアシスタントとしてがむしゃらに働いてくれ」

素っ気なくも聞こえるが、どこかやさしさを帯びた声に胸が甘く締め付けられる。

「精一杯頑張ります」

「楽しみにしている。家までタクシーで送ろう」

すっと立ち上がった華宮が一歩近づいてきて、なんの前触れもなく朝陽の髪をくしゃりと撫でた。

「よく頑張ってきたな」

他愛ないひと言に、目縁がじわりと熱くなった。

くしゃくしゃと髪をかき混ぜる指はことのほかやさしい。もっと撫でてほしくて、無意識に大きな手に頭を擦り付けていた。

そのことに笑う華宮はぐしゃぐしゃと朝陽の髪を乱す。

「明日からこき使うぞ。覚悟して出社してこい」

「……はい！」

このひとについていきたい。

そう思えた瞬間だった。

3

華宮《かみや》のアシスタントとして仕事を覚えようと躍起になっているうちに、またたく間に日は過ぎていく。

気づけば夏の陽射《ひざ》しが強い八月に差し掛かっていた。

相変わらず朝陽《あさひ》はお使い小僧に徹していたが、ときどき、華宮から呼ばれ、採寸モデルになることもあった。大事な接待の場につきそうこともあり、そのときどきで緊張したが、華宮をお手本にしてなんとかしのいだ。

華宮はマナーが抜群の男だ。それに、会話の糸口を見つけるのもうまい。オフィスで朝陽たちをこき使うときとはまるで別人のような笑顔で、繊維会社や百貨店の重役陣たちと言葉を交わしていた。

いま、ひとびとが「服」というものになにを求めているのか。

着られればブランドはなんでもいいのか、それとも特別な思い入れを持つ物なのか。百貨店も厳しい経営を強いられている状況だから両者ともに話は尽きなかった。

リラックスしたいときなら、とりあえずファストファッションでも構わない。ちょっとそこのコンビニやスーパーまで、というワンマイルウェアもてはやされている時代だ。

しかし、『ナイト・ギャルソン』の進む道は違う。身に纏《まと》うだけで気分が高揚するような、特別な一着だ。もちろん、手のかからないTシャツやパーカなどもあるから、そういったカジュアル路線で日々を彩ってもらえたら嬉《うれ》しいと華宮はよく言っている。

彼のアシスタントとしてこまごまと働いていくうちに、『ナイト・ギャルソン』への憧憬《しょうけい》はますます強くなっていった。クローゼットの扉を開けたらすべて『ナイト・ギャルソン』の服で埋められている、というのがいまの朝陽の夢だ。

「どうやら次の春夏物は朝陽くんのサイズを基本にするみたいだね」

可笑《おか》しそうに皆木《みなぎ》が言って、採寸を終えてアシスタント部屋に戻ってきた朝陽にアイスコーヒーを渡してくれた。

「僕の、ですか？　大丈夫かな。僕の身体《からだ》なんて、モデルさんに比べたら貧相だと思うんですが」

「でも、入社時に比べたら胸のあたりがだいぶしっかりしてきたんじゃない？　あれだろ、華宮さん御用達《ごようたし》のジムに通ってる成果が出てきたんじゃないかな」

「そ、そうですか。自分ではあまりわからないけど」

「ウエストのあたりも以前と比べると引き締まりましたね」

タブレットPCの陰からちらっと視線を飛ばしてくる桐谷《きりたに》の言葉に、身体を右に、左にひねる。確かに彼らの言うとおりかもしれない。以前から『ナイト・ギャルソン』のSサイズを着ていたが、最近、スラックスがすこしゆるくなり、ベルト穴をひとつ奥に変えたばかりだ。

逆に胸筋は鍛えられ、ワイシャツの中で泳いでいた貧相な身体がすこしは見栄えがよくなった気がする。

「皆木さんみたいにMサイズを堂々と着られる日が来るといいんですけど」

「いまのままでも充分魅力的だって。身体を絞った次はスキンケアとメイクかな。俺が教えてあげてもいいけど、そのあたりも華宮さんが詳しいから手ほどきを受けておいでよ。ていうか、その前に美容院行っておいで。髪が伸びっぱなし」

「最近忙しくて、なかなか時間が取れなくて」

「では、ボスにその旨、連絡しておきます。美容院もボスお気に入りの店がありますから。野々原《ののはら》さんにふさわしいヘアスタイルがあるはずです」

この四か月で、皆木、桐谷ともずいぶん親交が深まった。

行動力のある皆木に、なにごとにも冷静な桐谷。好対照なふたりはたまに意見の相違で派手にやり合う。新人の朝陽はふたりの間でおろおろするものの、見ているうちに、だんだんとそれが彼らなりのコミュニケーションなのだとわかってきた。

無口な桐谷から本音をうまく引き出せるのは皆木だけじゃないかと思うことがある。わざと怒らせて声を上げさせ、きりのいいところで『俺が悪かった。ごめん』と矛を収める。桐谷も普段の不満を言いたいだけ言ってすっきりした顔で、『まあ、今回は見逃します』としれっと言う。

言うなれば、じゃれ合いみたいなものだ。

皆木のバランスの取り方に感心しつつ、桐谷の切り替えの早さも尊敬する。

華宮のアシスタント同士として闘争心を剝《む》き出しにするかと思いきや、ふたりはほどよきところでぶつかり合い、ストレスを発散しているようだ。

「絶妙なコンビですよね。おふたりって」

「そんなことを言うと皆木がつけ上がるのでよしてください」

「なんでー。俺、褒められるとすくすく育つタイプだよ」

甘えた声を出す皆木に思わず笑ってしまった。

「……よし、一時間後に美容院の予約が取れました。ぜひさっぱりしてきてください」

桐谷の言葉に驚いた。もう手配してくれたのか。

「表参道《おもてさんどう》にある美容院です。マップはあなたのスマートフォンに送りましたからチェックしてください。表通りからすこし離れた場所にあるので、くれぐれも迷わぬよう」

「方向音痴なんですよね、僕」

「なら、俺がついていってあげようか？」

「皆木は仕事があるでしょう」

やいやい言っていると、アシスタント部屋の扉がいきなり開いた。

顔を見せたのは華宮だ。

「華宮さん」

「ボス」

三名のアシスタントがそろって背を正す。

「なにかご用でしたか？　電話をくだされればお部屋に伺いますのに」

「いや、ちょっと外にお茶を飲みに行こうと思ってな。野々原くん、出られるか」

「あの僕、このあと美容院に行く予定でして」

事の次第を聞かせると、華宮はなにやらおもしろそうな顔をする。

「そういえば最近髪が鬱陶しかったな。整えたほうがいい。それで、どこの店に行く予定なんだ」

「ボス御用達の美容院です。表参道の」

桐谷が言い添えると、華宮が「ああ」と頷《うなず》く。

「あの店なら間違いない。わかった。私も行こう」

「え、華宮さんが？　お茶しに行くんじゃなかったんですか」

「きみのヘアスタイルが鬱陶しいのは事実だ。身なりを完璧にしておくのはアシスタントとして当然だろう。お茶はそのあとでいい。さあ、準備して出かけるぞ」

「は、はい」

華宮の言うことは絶対だ。

真夏なので、華宮も朝陽たちも、黒の七分袖シャツを着ている。ジャケットはなしだ。社内は冷房が利いているので、七分袖がちょうどいい。

『ナイト・ギャルソン』では半袖のTシャツなども創っているが、オフィス向けではない。朝陽は初めて出た給料で、早速新しい七分袖シャツを二枚、社割で買った。それに、実家にもすこしばかり仕送りをした。

新しい服を着るときのときめきは一生大切にしたい。このシャツは、きっと朝陽を待っていたのだ。上質のコットンシャツには麻もすこし混じっていて、風通しもよく、さらりとした肌触りだ。スラックスは足にぴたりとフィットするグレンチェック。こちらは秋冬の新作だ。

いったん自室に戻っていた華宮が再び顔を見せ、「行くぞ」と声をかけてくる。彼のほうも黒の七分袖シャツに黒の麻のスラックスだ。

ジャケットにネクタイを締めていた春先の頃と比べると、いささかくだけた装いが彼の男らしさをますます際立たせている。

逞《たくま》しい胸筋に、モデルのような長い脚。ぼうっと見とれていると、頭を小突かれた。

「どうした、ぼんやりして」

「いえ、ちょっと考えごとをしていただけで」

——あなたに見とれていました、なんて言えるわけがない。

華宮の元で働くようになって四か月。採寸モデルをすることも多いからか、最近、なにかと華宮を視線で追ってしまう。

デスクで次々にデザイン画を生み出す彼の手は、まるで魔法使いみたいだ。罫線《けいせん》のない真っ白なデザイン帳に、自由な線が躍り出す瞬間を目にしたときの驚きと言ったら。

しなやかなライン、鋭角的なラインを自在に扱い、華宮はすでに来年の春夏物を手がけている。

デザイナーたちはつねに時代の最先端を行く。

年の初めの頃には、次の春夏物が発表される。

『ナイト・ギャルソン』のようなハイブランドがファッションのメインストリームを創り、それらがネットや雑誌、テレビを通じて世間に浸透する頃、後追いのファストファッションがフットワークよく、『ナイト・ギャルソン』たちのコレクションで発表された作品をうまいことアレンジして、海外の工場で生産し、安く売り出す。

コピー商品として訴えられないようにファストファッションブランドも気を遣っているのだろう。『ナイト・ギャルソン』の大きな特徴のひとつである、エッジの効いたシャツの襟のデザインまでパクることはしないが、タイトなシルエットや、背面の編み上げなど、細かいところはひょいっと持っていく。

これがバッグや靴となると、もっと大胆にパクられることがある。目立つシルエットのバッグがハイブランドから発売された途端に、インフルエンサーやファッショニスタたちの間で大流行し、それに目をつけたファストファッションブランドがそっくり似た形のバッグを出す。

こういういたちごっこは昔からだ。本物の『ナイト・ギャルソン』は高くて手が出せなくても、似たような安価なデザインの服を探そうと思えばいくらでも出てくる。

それが華宮を悩ませるかと案じていたら、思いのほか彼はひょうひょうとしていた。

『ハイブラの宿命だからな』と。

支度を調えた彼とビルの外に出ると、かっとまぶしい夏の陽射しが降り注いでくる。サングラスをかけた華宮はまるで芸能人だ。

デザイナーとして華宮の顔はほとんど出回っていないが、優雅な彼の身のこなしには誰もが一目を置く。いまも、そばを通り過ぎた女性がぽうっとした顔で華宮に見とれていた。

——僕もあんな顔をしているんだろうか。

うっすらと頬が熱い。

華宮をずっと見ていたくなるというこの気持ちはなんなのだろう。

朝早く誰よりもオフィスに来る朝陽は、華宮とアシスタントの部屋を掃除する。華宮は綺麗《きれい》好きだからさして苦労はないのだが、彼から『五分後に到着する』とラインが入ると、大慌てでその日の新聞全紙と発売されたばかりの雑誌とともに、華宮好みのブラックコーヒーをデスクに置く。

そして、『おはよう』と部屋に入ってくる華宮のすっきりした姿を見るたび、毎日新鮮な感動を覚えるのだ。これは四か月経《た》ったいまでもまったく変わらない。

この胸の高鳴りに、誰か名前をつけてほしい。

同性である年上の男に見とれてしまう感情の名前を。

強い陽射しを浴びて堂々と歩く華宮の隣に寄り添いながら、表参道の通りに並ぶショップのウィンドウをたまにのぞくこともした。

どこももう秋物で彩っている。しかし、客はまばらだ。

「セールを終えたあとのこの通りは閑散としているな。二八《にっぱち》にはうちも手こずる」

「二月八月……ファッションの売れ行きが落ちる時期ですね」

「ああ、普通はこの時期、まだ秋物に手を出そうと思わないだろう。一部のコアなファッショニスタはべつだが」

「でも、いましか買えない商品もありますよね。九月後半や十月初旬になったら着たいと思うような薄手のニットやシャツ、コートもそうです。でも、いざその頃になると、もう商品はない。いま買っておかないと、実際にそのシーズンになったときに欲しい商品はほぼ完売です」

「きみは正しい。そのとおりだ。しかし、近年は後追いのファストファッションがオンシーズンに流行の商品を創って出してしまうからな。私たちのようにゼロから服を生み出すのではなく、彼らはハイブラのあとを追っていけばいい。だから、仕込みの時間も短くてすむ」

「……頭の痛い話ですね。ファストファッションのために、華宮さんが寝る間も惜しんでデザインを描いているわけではないのに」

「前にも言っただろう？　ハイブラの宿命だ。真似《まね》したいと思われるのはむしろ光栄だ。悪質なコピー商品は許さないが、うちのエッセンスを感じ取れる服を見かけると気分がいい。私が王者なのだと知る瞬間だ」

強靱《きょうじん》な神経を思わせる言葉に感嘆の吐息をつく。

このひとから、すべての美のエッセンスを奪うことはできない。不可能だ。

華宮の視線のように、その足取りのように、彼はもっと先を見ている。歩いている。たゆまぬ努力と膨大なインプットによってインスピレーションを刺激し、毎日毎日呆《あき》れるほどのデザインを生み出す。

彼のエネルギッシュさに圧倒されつつも、やっぱり憧れる。こうと決めた道をひたむきに走り続ける姿を間近で見て、胸が熱くならないなんて嘘《うそ》だ。

「ああ、この店だ」

表通りから横に入り、三回ほど角を曲がったところで華宮が足を止める。

ガラス張りの建物はこぢんまりとしていた。

ここがヘアサロンだとは一見わからないだろう。宝飾品を扱う店か、はたまた画廊か。美しい建物の扉を開け、華宮が先に中に入ると、「いらっしゃいませ！」と明るい声が響く。

「華宮さん、こんにちは。桐谷さんからお電話いただいてましたよ。今日カットするのは、彼？」

形のいい頭に張り付くようなアッシュブロンドの髪の男がしなやかに現れ、楽しげに華宮と朝陽を交互に見る。

「そうだ。彼のこのもさついた髪をいい感じに整えてくれないか」

「承知いたしました。さ、シャンプーしますからこちらへどうぞ」

彼ひとりでこの店を切り盛りしているらしい。

手際よく髪を洗い、丁寧にタオルで水分を拭き取ったあと、大きな鏡の前に座らされた。鏡越しに、華宮が見える。革張りの椅子に深々と腰掛け、足を組み、雑誌をめくっている。その完成された大人の男にうっかり見とれていると、気配を感じ取ったのだろう。彼が顔を上げ、鏡の中で視線が交わる。

冷徹だが、熱いまなざしを遠慮なく浴びせてくる男に胸が躍り、わずかにうつむいた。

「ハイネと申します。よろしくね」

「野々原朝陽です。よろしくお願いします」

アッシュブロンドの髪がきらきらしているハイネは二十代後半だろうか。切れ長の目に通った鼻筋が美しい。接客商売だけあって笑うことに慣れているようだ。きゅっとくちびるの端を吊《つ》り上げ、朝陽の髪に櫛《くし》を通していく。

「素直な髪だ。毛先をそろえるだけじゃもったいないから、ちょっと大胆にイメチェンしちゃおっか。ね、華宮さん」

「好きにしてくれ」

「だって」

くすくす笑うハイネが腰に巻いたシザーベルトから鋏《はさみ》を取り出し、さくさくと切り始める。うなじにかかる髪をさっぱりと切り落とされ、耳もすっきりと出すようなスタイルだ。

「前髪はすこし横に流す感じで……どう?」

「うわ……こんな髪型したことありません」

「朝陽くんは素材がいい。もっと短く切ってもいいけど、まずはこのぐらいかな。じゃ、乾かそう」

ドライヤーを使って十五分後には、まったく違う自分が鏡の中にいた。

自分に対して言っていい言葉かわからないが、前より断然、洗練されている。

「いいじゃないか」

いつの間にかそばにやってきていた華宮が鏡をのぞき込む。さらさらとした明るい髪をひと房握り、軽く揉《も》み込む。そんな他愛ない仕草にも、嫌と言うほど胸が躍る。

「さすがはハイネだ。助かった」

「いえいえ、これぐらいお手のものですよ。朝陽くん、普段シャンプーとかコンディショナーはどこで買ってる?」

「ドラッグストアでしょうか。一番安いやつ」

「それだと洗浄力が高すぎて逆に髪を傷めちゃうから、僕がおすすめするサロン専売のシャンプーとコンディショナーを持って帰って」

「え、でも、あの」

「お代なら気にしないで。このひとが払ってくれるから」

隣に立つ華宮の二の腕をつんつんとつつくハイネが、にこりと笑いかけてくる。

「髪を洗ったあとは面倒でもすぐにドライヤーで乾かすこと。その際、ヘアミルクを毛先に馴《な》染《じ》ませてね。それだけで潤いがぜんぜん違うから。あ、ヘアミルクもおすすめの物を入れておくよ」

「は……なにからなにまで……」

「すみません、はなしだからな」

華宮の言葉にこくりと頷き、頬を紅潮させつつ、「ありがとうございます」と頭を下げた。

ハイネが白い紙袋にシャンプーとコンディショナー、ヘアミルクを入れて手渡してくれる。

伸びっぱなしの髪を切ったばかりのうなじがすうすうしてまだ落ち着かない。

「ありがとうございました、ハイネさん」

「いいえ、どういたしまして。手入れについて困ったことがあったらいつでも来てね。今度は監視役なしで」

「誰が監視役だ」

「あなたのことだよ、華宮さん」

くすりと笑うハイネの肩を華宮が軽く小突く。

ふたりは長いつき合いなのだろう。親密な空気が漂っていて、ちくりと胸の奥が痛む。

皆木や桐谷とも違う、つき合いの長さ。ここは華宮にとってプライベート空間のひとつなのだろう。あらためて、彼のことをなにひとつ知らないなと思い知らされる。

『ナイト・ギャルソン』トップデザイナーの仕事ぶりは間近で見ていても、華宮の私生活についてはなにもわかっていない。

——知りたい。このひとのことを、もっと。

四か月前、つまらない身の上話を聞かせたあと、髪をくしゃくしゃと撫《な》でてくれた手のひらの感触を忘れられずにいた。

『よく頑張ってきたな』

その声にこもる温かさはいまも胸に残っている。

あの瞬間だけは、彼は自分を見てくれていた。

朝陽の話にじっと耳を傾け、大切な言葉をいくつもくれた。

——独立。

『ナイト・ギャルソン』の強い柱のひとつを胸に刻み、この四か月邁進《まいしん》してきたつもりだ。

けれど、いまこんなふうにハイネと軽口を叩《たた》く彼を目にすると、胸が揺れてしまう。

自分に触れてくれたときよりも、ずっとくつろいでいる気がする。

ずっと楽しそうな気がする。

もやもやした想《おも》いを抱えて美容院をあとにし、ふたりで近くのカフェに入った。

華宮はアイスコーヒーを、朝陽はジンジャーエールを注文した。

整えてもらったばかりのヘアスタイルがまだ馴染んでいなくて、何度もうなじに手をやってしまう。

「見違えたぞ」

「……え?」

「前より三割増しでいい男になったな」

お世辞とわかっていてもこころが弾む。

自分でも甘いなとわかっていても、「ありがとうございます」と言う声が上擦っていた。

すべての感情の鍵は華宮が握っているのだ。

これでは、『独立』とはほど遠いなと自省するものの、華宮の言葉に一喜一憂する自分がいるのは確かだ。

「……似合ってます？」

すこし甘えてみたくなった。

冷徹な華宮のことだ。『図に乗るな』と言いそうだが、目の前に座る彼はまぶしそうに目を細めている。

「ああ、よく似合っている。ハイネのおかげだな。これで会食に連れていく際も恥ずかしくなくてすむ」

そうじゃなくて。そうじゃなくて。

確かにそのとおりでもあるのだが。華宮にとってはあくまでもアシスタントとして一人前になれるように采配しているだけなのだろうけれど、朝陽の気持ちはすこし違う。

だけど、うまい言葉が見つからなくて口をつぐむ。

黙って相手の出方を待つのは、子どもっぽいやり方だ。

欲しい言葉を無理やり引き出そうとしている己を恥じて、「だったらよかったです」とうそぶく。

華宮はちいさく笑っていた。たぶん、こっちの胸の裡《うち》などお見通しだろう。

「私も気晴らしができた。やはり外に出るのはいいな。刺激がたくさんある」

「刺激、ですか。どんな？」

「夏の太陽のきらめき、うだるような暑さ。通りを行くひとの服装は一番の刺激剤だ。皆がなにを好んで着ているのか、とても気になる」

「あれだけ先鋭的なデザインを描いているあなたでも、他人のことが気になるんですか」

「当たり前だろう？　周りを見て、なにがいまはやっているのかチェックするのは重要なことだ。でなければ、私だって枯渇してしまう」

ちょうど隣のテーブルに男女のふたり連れが腰掛けた。女性は軽やかなシフォン素材のワンピース姿。そして男性のほうは、と目を移したところで、あ、と声を上げそうになった。

「……華宮さん、華宮さん」

「わかってる」

男性が着ているのは『ナイト・ギャルソン』のTシャツだ。黒のTシャツは胸に『ナイト・ギャルソン』のロゴが大胆にあしらわれていた。それに銀のクロスペンダントと穿《は》き古したジーンズを合わせている。

「粋だな」

「ですね。すごくお洒落《しゃれ》に着てもらえています」

「昨年のものだな。襟元も袖口もよれていない。……丁寧に着てもらっている」

華宮の口元が嬉しそうにほころぶ。

自分の作品を街中で見かけるのはやはり喜びなのだろう。

いい素材を使っているだけに、男性のTシャツはまったくたびれていなかった。

「写真撮らせてほしいな……お願いしてみます？」

「さすがにそれはやめておいたほうがいい。相手も驚くだろう」

「そうか……でも嬉しいですね。あなたの服は間違いなく愛されています」

「ああ」

短く答えた華宮は無遠慮にならない程度に男性を盗み見ている。

「……よし、帰ろう。描きたい」

「デザイン、ですか」

「それ以外のなにがある？　あの男性に似合うようなコートを思いついた。早くオフィスに戻って描きたい」

気がはやるのだろう。即座に立ち上がった華宮は会計をすませ、ぎらぎらした太陽が照りつける外に出る。

彼の足元にくっきりと残る黒い影。

それが、華宮の強い存在証明のように思えて、朝陽は微笑《ほほえ》んだ。

4

慌ただしい日々が続いた九月の夜、いつもよりすこし早めに帰れてほっとした。

最近、会社と家の往復ばかりでなにかと忙しい。

今夜は久しぶりに自炊して、胃にやさしいものを食べよう。そのつもりで帰りがけにスーパーに寄ってきた。

鶏《とり》の胸肉をコンソメで煮るととても美味《おい》しい。

スーパーのビニール袋をテーブルに置いて、ジャケットのポケットに手を入れ、あれ、と思う。

スマートフォンがない。

鞄《かばん》の中を探ってみたが、おなじみの四角い板は見つからなかった。

どこかで落としたのだろうか。

記憶を探り、あ、と思い出す。

夕方、華宮《かみや》の部屋で打ち合わせをした際、スケジュールを確認するためにスマートフォンを取り出した。

互いにソファに座っていたから、ふとした隙に脇に置いてきてしまったのだろう。

時刻は十九時。オフィスに電話すれば、皆木《みなぎ》か桐谷《きりたに》が出てくれるだろう。あのふたりはまだ社に残っていた。

『華宮さんの部屋にスマートフォンを忘れてしまいました。僕のデスクに置いておいてもらえますか』

そう頼むことは簡単だが、早々に明日困る。

スケジュールはすべてスマートフォンに打ち込んでいた。明日もミーティングがあるはずだ。それが何時なのかわからないのは心許《こころもと》ない。

いまから取りに戻ろうか。

それとも諦めて明日まで待つか。

しばし逡巡《しゅんじゅん》して、やはり会社に戻ることにした。スマートフォンが手元にないと落ち着かないのは現代病のひとつだろう。

脱ぎかけていたジャケットをもう一度羽織り、家を出た。電車一本で行けるのだ、そう苦ではない。

華宮はもう帰っただろうか。そんなことを考える。朝陽《あさひ》が帰る間際まで、オフィスでデザイン画を描いていた。

たったひとりで多くの美を生み出す男のことを考えると、胸が揺れる。

華宮のことを考えると、どうしようもなくこころが振り回される。

来月には試用期間が終わる。この約半年で、自分はなにができただろう。ボスの言いつけを守るよき忠犬。それ以上それ以下でもない。新人の域を脱し切れていない自分が不甲斐《ふがい》ない。手の届かないひとだとわかっているのに憧れた。それはまるで、ショウでコレクション用の特別な——たった一着の服を見たときの高揚感に似ていた。

スマートフォンを取りに戻るというよりも、華宮がどうしているのか気になる。典型的なワーカホリックだ、華宮というのは。

これぞというアイデアが湧くといつまでもデザイン画を描き続ける。それはもう、身体を壊してしまいそうなほどに。

彼もいい大人だ。自分の身体のことぐらいよくわかっているだろうが、やはり心配になる。

——会社に戻ろう。『スマートフォンを忘れました』と言って、彼の様子を見に行こう。

急いで電車に乗り、会社へと向かう。

華宮のオフィスはまだ灯《あか》りが点《つ》いていた。

「……華宮さん？」

きいっと扉を開けると、室内は静かだった。

両腕を枕にして、華宮は机で寝ていた。周囲にはスケッチしたデザイン画が散らばっている。

華宮の寝顔を見るなんて初めてだ。起きている間は手強《てごわ》い雰囲気を醸す彼だが、寝ているときは無防備だ。

穏やかな寝息を耳にして微笑み、ハンガーラックにかかっていたジャケットをふわりと肩に掛けた。

室内を見回すと、トルソーがある。仮縫い中らしい。コートが羽織らされていた。

カシミアでできているのだろう。艶やかで美しい生地に惹《ひ》かれて近づき、おそるおそる触れてみた。肩のあたりはまだしつけ糸がついている状態だ。

タイトなシルエット、独創的なハイカラー、全体は黒なのだが、ポケットのフラッグだけが白だ。

これが彼の新作なのか。

そういえば、夏の盛りにカフェで見かけた男性に似合うコートを創りたいと言っていた。

きっと、モデルはあの男性なのだろう。

――僕じゃない。

当たり前の事実が胸に食い込む。

よもやアシスタントの自分なんかをミューズにするわけがないだろう。

それでも、コートは美しかった。彼の目を盗んで羽織りたいぐらいに。

「……野々原《ののはら》くん？」

寝ぼけた声が聞こえてきてびくんと肩が跳ねる。

「起きてらしたんですか」

「……いま、起きた。どうしたんだ、帰ったんじゃないのか？」

「スマートフォンを忘れてしまったみたいで」

「ああ、それならそこのテーブルに置いてある。ソファの間に挟まってたぞ」

可笑しそうに言う華宮が大きく伸びをし、目元を擦《こす》る。

「起こしてしまってすみません。……お疲れではないですか？　華宮さんも今夜は帰ったほうが……」

「コートの肩のラインが決まらないんだ。どうにかしたい」

「なるほど……」

「きみが羽織ってくれないか」

「僕が、ですか？」

驚くのも無理はない。採寸モデルはしたことがあっても、仮縫い中の大切な服を羽織らせてもらったことは一度もないのだ。

「きみに着てもらいたい」

先ほどまでうたた寝していたのが嘘のようにしゃっきりとした表情の華宮が立ち上がり、トルソーからコートを外す。そして、戸惑う朝陽の背後から羽織らせてきた。

「うん、やっぱりもうすこし肩を詰めたほうがいいな。ウエストも絞って……思いきりロングにしよう。臑《すね》にかかるぐらいまで」

朝陽の周囲をぐるりと回る華宮がひざまずき、丈の調整をする。それから立ち上がり、襟元をぴしりと正してきた。

上背のある彼と目線が合う。鋭く射竦《いすく》められて身動《みじろ》ぎできない。

息を詰めたのがわかったのだろう。華宮はかすかに笑い、朝陽の鼻先にそっとくちづけてきた。

「か、……華宮、さん」

「もしかして、キスは初めてか？」

顔を真っ赤にしてようやく頷いた。

華宮みたいな大人の男に打ち明けるのは初めてだったが、ほんとうになんの経験もなかった。

キスすらも。

頰を軽く撫でる手がやさしい。

「どうして……こんなことを」

「どうしてだろうな。——きみを雇って来月でちょうど半年だ。お試し期間が終わるから、私もいささか感傷的になっているのかもしれないな」

その声音は落ち着いていて、センチメンタルとはほど遠い。

戸惑いが胸に渦巻いて、言葉が出てこない。どうしても。

『意地悪ですよね。華宮さん、冗談はやめてください』

肩をそびやかしてそんなことを言えていたら、自分ではない気がする。

鼻先にキスされただけだ。ささやかなコミュニケーションとでも思えばいい。

そう自分に言い聞かせるのだが、胸が高鳴ってしょうがない。

どうして、どうして。

自問自答を繰り返し、ようやくひとつの答えに辿《たど》り着く。

やっと、気づいた。

昼も夜もデザインに没頭し、新しい服を生み出すことに余念のない華宮が好きなのだ。

いつからだろう。

ハイネと親しげに喋《しゃべ》っていたときがきっかけだったかもしれない。

それよりも以前、皆木や桐谷とおもしろ可笑しく盛り上がっていたときかもしれない。

いや、きっと、出会ったときからだ。

憧れの『ナイト・ギャルソン』の服たちを創っている本人と視線を交わしたときから、虜《とりこ》になっていたのだろう。

すこしずつ育まれた想いはようやく芽吹き、朝陽の頬を熱くさせる。

頬にくちづけられ、慎重にくちびるが重なった。

「隙だらけだぞ」

甘く囁《ささや》かれて、耳たぶが熱い。

低い声が鼓膜を震わせ、じわじわと浸透していく。

「……からかわないで、ください。冗談ですよね……？」

「冗談だったらきみはどうする？」

逆に切り込まれて言葉を失う。

冗談でもいい。いま一瞬、彼の熱を感じられるなら。

作りかけのコートを脱がしてもらった途端、身体がふらついた。

咄嗟《とっさ》に広い胸に抱き留められて、心臓がうるさい。

顎を指で押し上げられて彼のまなざしをまっすぐ受け止めたかと思ったら、くちびるが重なった。

「……っ……」

思っていた以上に熱いくちびるに目を瞠《みは》った。

「目を閉じろ」

「う……」

言われたとおり、瞼《まぶた》をぎゅっと閉じる。

背中に手が回り、強く抱き寄せられた。

ちゅ、ちゅ、とついばむようなくちづけのあと、さらに顎を摑《つか》まれ、かすかに開いたくちびるにねろりと舌が挿《はい》りこんでくる。

「……っん……」

生まれて初めてのキスに舞い上がってしまう。

好きだと自覚したばかりだ。朝陽も背伸びをし、彼の背中にしがみつく。

くちゅくちゅと口内を舐《ねぶ》り回す舌の刺激が強く、振り回される。

「ん……っふ……」

これは華宮ならではのいたずらなのだろうか。

だとしたら、キスで止めてほしい。まだ引き返せるから。

だけど、舌はくねり、搦《から》め捕ってくる。じゅるっと啜《すす》り込む音が聞こえると、身体中が沸騰する。髪をくしゃくしゃと撫で回され、もっとすがりつきたくなってしまう。

歯列を丁寧になぞられ、長い舌で口蓋をくすぐられる快感に呻《うめ》きそうだ。

「かみ、やさん……っ」

「もうお手上げか？　これぐらいのキスで参るなんてどんな純情だ」

「だ、って……あ、あ……！」

胸に手が伸び、やさしくまさぐってくる。

「う……んぁ……っ」

平らかな胸を弄《いじ》ってもおもしろくないだろうに、シャツの上からかりかりと尖《とが》りを引っかかれ、じゅわっと蜜が身体の奥から滲《にじ》み出すような錯覚に陥る。

知らない、こんな感覚は初めてだ。

くすぐったいような、甘痒《あまがゆ》いような。終始むずむずして落ち着かず、無意識に身動ぎすると戒めみたいにきゅっと乳首をねじられた。

「や、やだ……っこんな、の……っ」

「ほんとうに嫌か？　ここでやめておくか？」

「ん……や……だ……やめちゃ、いや……です」

走り出した快感は止められない。

恋ごころが咲いたばかりの胸をずるく触れられて、いやいやと頭を振る。

そんなところで感じるのが恥ずかしかったのだ。

「立ったままじゃきみがつらいだろう。おいで」

抱き竦められたままソファにいざなわれ、組み敷かれた。

美しい服を創る指がなめらかにボタンを外していく。

うっすらと汗ばんだ胸に華宮がくちづけてきた。乳首を軽く吸われ、ひくんと背筋を反らす。

「あ……っ……そこ……」

「いい?」

「ん……う、……ん」

羞恥の中、なんとか頷く。

「きみは胸が弱いみたいだな」

「そんな……っあ、あぁ……っ」

抗《あらが》いは喘《あえ》ぎで消えてしまう。

シャツはすっかりはだけられ、華宮は大胆にちゅくちゅくと胸を舐り回してくる。前歯で乳首を扱《しご》かれるのがたまらなくいい。

愛撫《あいぶ》されて次第にふっくらと腫れぼったくなっていく乳首をきつめに吸われ、じりじりしてくる。身体中が性感帯になってしまったみたいだ。

会社で——華宮のオフィスで淫靡《いんび》な時間に浸っている自分が信じられない。

ついさっきまで普通に話していたのに。

どうしよう。これから先どうすればいいのか。

身体は昂《たか》ぶり、もうあとには戻れない。もじもじと両膝を擦り合わせたのが華宮にも伝わったのだろう。

反応しかけているそこをスラックス越しに擦られると、嫌でも身体が揺れる。

「……あ……っ！」

「ちゃんと感じているみたいだな」

ジリッとジッパーが下ろされ、下着の縁に指がかかる。

ぶるっと飛び出した性器に顔中が熱い。感じていることがバレてる。

――でも、僕の好きなひとだ。

肉竿《にくざお》を直接握り込まれ、息を呑《の》んだ。

「……っん！　ん、ぁ、あぁ、あ……っ」

華宮の手つきは淫猥《いんわい》で、否応なく声が漏れてしまう。両手でくちびるをふさぎ、なんとか堪《こら》えようとしたが、愛蜜のこぼれる肉茎をぬるりと扱かれるとずきずきするほどの快感がこみ上げてきた。

経験がないだけに、すぐにでも達してしまいそうだ。だけど、みっともない様を晒《さら》したくない。うぶな身体とは裏腹に意地もあって、華宮の愛撫にどう応えていいか手探りだ。

思いあまって彼の髪に指を差し込み、くしゃくしゃとかき回す。

痛がってくれたらいいのに。怒ってくれたらいいのに。

――やめてほしい、でもやめてほしくない。

やわやわと扱かれて呻くうちに、華宮が身体をずらす。

なにをされるのか、一瞬わからなかった。戸惑いながら彼の様子をじっと見守っていると、あろうことか、性器をねっとりと頬張られて全身が硬直した。

「や……っ華宮さん……そんな、とこ、舐《な》めるの……っ」

「どうしてだめなんだ？　触るのはよくても舐めるのはだめか？」

「そ、ういう、んじゃなく……って、あ、あ、やだ、啜るの……っだめ……」

先端の割れ目をくりくりと舌先で抉《えぐ》られ、あまりの快感に泣きじゃくった。

「気持ちいいか？」

「ん……っは、い……」

浮き立つ筋をちろちろと舐め上げられる。くびれのところもぐるりとなぞられて、ぞくぞくしてしまう。

たまらずに彼の髪を強く引っ張った。

「だめ、ほんとだめっ……も、も、出る……っ」

「私の口の中に出せ」

「んーっ……あ、あっ、あぁ……！」

陰嚢《いんのう》を揉み込まれて、もうどうにもならなかった。

強く身体を震わせ、どっと吐精する。自分でも思っていた以上のほとばしりに頬がかあっと熱くなる。

そのほとんどをごくりと飲み干す華宮が濡《ぬ》れたくちびるをぐいっと拳で拭い、身体を起こす。

「無理をさせたか」

「……こんな、の……ずるい……です、僕だけ……」

ふっと華宮が不敵に笑う。

「じゃ、同じことを私にもしてみるか？」

「……え？」

もう一度覆い被《かぶ》さってくる華宮が下肢を押し付けてくる。

ごりっとした熱い塊を感じて体温が一気に上がった。

大人の男の身体はどんなものなのだろう。独創的、退廃的と言われる服を創る男のほんとうの身体はいったいどんなものなのか。

考えれば考えるほど頭がゆだってくる。

深く息を呑み、「あの……」と声を絞り出した。

——僕にも同じことをさせてください。

「うまく、できるか、わからないけど……」

震える声にくすりと笑った華宮が頬にくちづけてきて、「冗談だ」と囁く。

「でも、あの」

「これぐらいたいしたことじゃない」

さりげなく言われて、羞恥に苛《さいな》まれる。彼にとってはたいしたことではなくても、自分にとっては大事件だ。

身体に力が入らない朝陽に代わって、華宮が身繕いしてくれる。

まだ欲情の残る目で彼を見つめた。

頤《おとがい》をつままれ、くちびるが触れ合うほどに近づいた。

「そういう目は男を誘うと知っておけよ」

「そういう、目……」

「色っぽく濡れた目だ」

するりと指が落ちて、喉元をくすぐられる。

まるで猫になった気分だ。

じゃれつくにはまだ早いし、突っぱねるには情を持ちすぎている。

――好きなひとに、触られた。一方的にイかされた。

男としての矜持《きょうじ》は傷つくものの、年上の彼相手に勝てるとは到底思えない。すくなくとも、身体を重ねることでは。

仕事の面でもまだまだ彼の隣に並べるほどではない。

気弱というのではない。だからといって、つっけんどんに出られるほどねじ曲がってもいない。こういうときはどう退場したらスマートなのだろう。

『よかったですよ、あなた』

そんなすかした言葉を吐けていたら、こんな関係にはなっていなかった気がする。

仮縫い中のコートを羽織ったトルソーの隣に、裸のトルソーが一体置かれていた。

いまの自分は、まさにあのトルソーだ。

なんの武器もつけていない、まっさらな状態。そこに一滴、華宮が色を足してきた。

これがさらに足されていって、複雑な黒になるのか、まったく違う色になるのか。

いまの朝陽には想像できないけれども、ひとつだけ誓いたい。

ただ、唯々諾々と抱かれるのだけでは嫌だ。ただの人形になってしまう気がするから。

華宮英慈《えいじ》の隣に立つふさわしい男になりたい。

そうなるためにはなにが必要か。

——仕事だ。

仕事で、功績を上げたい。

華宮のアシスタントとして、これと言ってはっきりとした成果を上げていない自分に焦りが募る。

皆木や桐谷は華宮の日常を支える人物として欠かせない。

皆木はショウやイベントごとを催す際に積極的に動く人間で、対して桐谷は華宮のスケジュールを細かに把握している。

途中で入った自分になにができるか。

自分だけにできる、なにかを探したい。

いまのところ、やれているのは採寸モデルぐらいのものだ。それだったら、皆木や桐谷でも務まる。

「アシスタントのお試し期間——延ばしてもらえませんか?」

気づけばそんなことを口走っていた。

「図々しいのは百も承知です。でも、僕だってあなたのアシスタントとして足跡を残したい。もうすこし、もうすこしだけ、時間をもらえませんか」

「どのぐらいだ」

「今年……いっぱいぐらい」

「残された時間は短いぞ。その間になにかドラマティックなことが起こせるのか?」

「起こしてみせます」

思わず食いついた。幼稚だと笑われてもいい。ここはあとずさる場面ではない。

前へ前へ、とにかく駆け出すだけだ。

華宮は思案顔をしていたが、やがてひとつ頷く。

「いいだろう。きみに手を出した私にも責任はある。年末まで期間を延ばそう。きみなりの成果を見せてほしい」

「わかりました」

自分にしか作れない、華宮の成功の道。
好きになった以上、彼を押し上げたかった。
より高みへと。

5

夏のまぶしさが過ぎ、しだいに空が高くなり、空気が澄み渡って冴え冴《さざ》えとする十一月。

いつものように朝早く目を覚ました朝陽《あさひ》は眠い目を擦《こす》りながら洗面台へと向かい、顔を洗う。そろそろ冷たい水が厳しい季節だ。

最近忙しくてシャワーだけですませていたが、今夜はゆっくりバスタブに浸《つ》かろう。夜もあまり深く眠れていない。これも功績を上げたいという一心のせいだろうか。

今夜はラベンダーのオイルを垂らした風呂に入ろうと考えながら、トースターに厚切りのパンを入れ、手際よくスクランブルエッグとベーコンを仕上げる。トマトをくし形切りにしてちいさなガラスボウルに並べ、牛乳の入ったグラスを置けば完璧だ。

朝のテレビニュースを流しながら、朝食を取る。

バラエティコーナーでは、今冬最新のファッションを紹介していた。エコ素材を使ったダウンジャケットや暖かそうなロングコート、ニットが映り、『冬場は小物も欠かせませんよね』と女性レポーターがフリップを取り出す。

『色鮮やかなマフラーやストール、手袋、ネックウォーマーなどで寒い冬を彩ってみるのはどうでしょうか』

そこで、――あ、と思う。

『ナイト・ギャルソン』ではネクタイ、ハンカチなどの小物は扱っているが、マフラーや手袋、ネックウォーマーといった類いは扱っていない。主にスーツがメインのブランドなので、顧客も小物類は他ブランドで、といった具合だ。

たとえば、カフスや、バッグ、靴を扱うラインを立ててみるのはどうだろう。

『ナイト・ギャルソン』自体がハイブランドだから、憧れる者は自分を含めて多いが、高値だけに手を出しづらいという側面もある。

たとえば――たとえば、そう、『ナイト・ギャルソン』のセカンドラインを立てるというのはどうだろう。高くても一、二万円程度の価格帯で『ナイト・ギャルソン』らしさを打ち出した小物を取り扱うセカンドライン。

想像するだけでわくわくする。

早速華宮《かみや》に相談してみよう。鼻であしらわれるかもしれないが、提案してみなければわからない。善は急げだ。今日はいつもより早めに出勤し、雑事を片付けて華宮が出社したら一番に相談しに行こう。

食器を片付け終え、スティックシュガーを一本減らしたコーヒーを飲んでいると、手元に置いていたスマートフォンが鳴り出す。液晶画面を見れば、皆木《みなぎ》だ。

朝早くに皆木が連絡してくるのはそうめずらしいことではない。アシスタントとして七か月近く働いてきたけれど、一番下っ端なのはやっぱり自分だから、華宮が出勤する前に細かい指示が出ることがあるのだ。

いつも会社には一番乗りして、彼好みの新聞や雑誌をそろえ、到着直前には熱々のホットコーヒーを出す。

雑事ならなんでもこなす。自分以外の採寸モデルの手配や、社内用カタログを作る際のスタジオの調整。現場でもモデルたちに飲み物を配り、体調も気遣う。

社内用カタログに出るモデルたちは、ランウェイを闊歩《かっぽ》して華やかなライトを浴びる役ではない。均整の取れた身体《からだ》をしていながらもさほど目立たない顔立ちをしている者が多く、華宮の服を実際に着てみてより美しく見せるだけの存在だ。

言うなれば陰の立て役者が大勢いることも、華宮のアシスタントになってから初めて知った。

今日はちょうどスタジオで撮影がある。来年の秋冬物の服たちをモデルに着てもらい、社内の人間に知ってもらうためのカタログを作るのだ。

その調整でなにか必要だっただろうか。

急いで電話に出ると、『野々原《ののはら》くん！』と焦った声が響く。

「おはようございます、皆木さん。どうされました？」

『急にごめん、大変なんだ。華宮さんが事故に遭って』

「え……！」

思いがけない言葉に声が掠《かす》れた。

『出勤中、横道から飛び出してきたバイクにはねられたんだ。命に別状はないからって本人からいま電話があったんだけど、心配で心配で……でも、今日、スタジオ撮影があるだろう。俺がそっちに行って現場を取り仕切るから、野々原くん、華宮さんの様子を見に行ってくれないか？』

「わかりました、すぐに行きます」

病院名と電話番号を教えてもらい、すぐさま支度をして家を飛び出た。

華宮が運び込まれたのは会社近くの病院だ。普通ならば電車で行くところだが、気が急《せ》いてタクシーに乗り込んだ。

事故なんかで華宮のデザイナー人生を終わらせないでほしい。どうか、どうか、軽傷であってほしい。

「くそ……！」

ぎゅっと拳を握り、膝に叩《たた》き付ける。バックミラー越しに運転手が心配そうな視線をちらちら投げかけていた。そのことにも気づけないほど、朝陽は動転していた。

これまで華々しい成功の道を歩んできた彼をさらに押し上げたいとひたすら邁進《まいしん》してきたの

に。そんなささやかな願いも叶《かな》わないというのか。

いや、まだ決めつけるのは早い。

本人が電話してきたというのだから、頭と胸は無事なはずだ。

病院に車が着くなり支払いをして転がり出た。そのまま息せき切って院内に駆け込み、受付に飛びつく。

「華宮英慈《えいじ》さんという男性が運び込まれたと聞きました。私は、部下の野々原朝陽と申します」

「ああ、華宮さんですね。二〇四号室です」

「ありがとうございます」

院内には大勢のひとがいる。駆け足にしたいのをなんとか抑え込み、階段を上って二〇四号室を探した。

廊下の突き当たりにその部屋はあった。個室のようだ。扉のプレートに、「華宮英慈」と書かれている。

扉を二回ノックすると、「どうぞ」と覚えのある声が聞こえ、引き戸を開いた。

ベッドの背を起こし、腕に包帯を巻いた華宮が朝陽の顔を見た瞬間、苦笑いする。

「なんでそんなに泣きそうな顔をしてるんだ。痛い思いをしてるのはこっちだぞ」

「だって……！」

ベッドに駆け寄り、思わず彼の膝に顔を伏せた。しかし、すぐさま、身体を離す。そこも怪《け》我《が》しているのかもしれないと思ったからだ。

「大丈夫だ。左腕にひびが入っただけだ。あと頬に擦り傷。軽傷だ」

「痛むでしょう」

「いまは鎮痛剤が効いてるからそうでもない。——すまない、みっともない姿を見せたな」

病院が貸し出してくれたのだろう。水色の病衣を着た華宮が右手を伸ばしてきて髪をくしゃくしゃとかき混ぜる。その手つきがあまりにやさしかったから、堪《こら》えていた涙がほろりと頬に伝い落ちる。

「……もう、だめかと思った……」

「こら、勝手にひとを殺すな」

可笑《おか》しそうな顔で華宮がこつんと頭を小突いてくる。

軽傷なのはほんとうなのだろう。しかし、左腕にはめられたギプスが痛々しいし、端整な顔の頬にもガーゼが貼られていた。

「腕と頬だけですか？　他にほんとうに異常はありませんか？」

「ない。飛び出してきたバイクが若干スピードをゆるめていたのが幸いしたな。本気で突っ込まれていたらいま頃あの世だったかもしれない」

「冗談言わないでください……！」

このこころを奪った男がある日いきなりいなくなると考えただけでぞっとする。

彼には秘密の恋ごころだ。いまはまだ打ち明けようと思っていない。自分がもっと男としてレベルを上げてから――それがいつになるかはわからないけれど、無意識に『あなたが好きです』と言いそうな日がやがて来る気がする。

「念のため、三日ぐらいは入院になりそうなんだ。検査もまだあるしな。仕事のことだが……秋冬物の追い込みが待っている。その前に無事に退院しないと」

「お気持ちはわかりますが、いまは無理せずゆっくりやすんでください。華宮さん、前より頰がすこし削《そ》げた気がしますよ。しっかり食べて、しっかり眠ってください」

「そうも言ってられない。桐谷《きりたに》に連絡して、タブレットPCを持ってきてくれるよう頼めるか。それと、今日の現場は皆木に任せたから、その報告も聞きたい」

「華宮さん」

自分でも思ってもみない強い声が出た。

「もしかしたら命を落とす可能性だってあったんですよ。今日ぐらいはやすんでください」

「上司に命令か？」

「あなたの部下としての精一杯のお願いです」

一歩も引かない朝陽に、華宮はちいさく笑う。

「……言うようになったな。私になにかを命じられるのは社長の河合《かわい》さんだけだぞ」

「すみません。やっぱりお身体が心配で」

入院して間もないせいか、花などはまだひとつも届けられていない。その非礼を詫《わ》びると、

「いい」と鷹揚《おうよう》な笑みが返ってきた。

「たかだか三泊だからな。きみの言うとおり、今日はスマートフォンを眺めて暇潰しをしよう」

「寝てください」

「わかったわかった」

軽くいなす彼がこのあときっとスマートフォンでありとあらゆるニュースに目を通すことはわかっている。

全速力で生きている男だ、華宮は。

一日だけでもベッドでゆっくり過ごしてほしいと願うのは我が儘《まま》なのか。

できればスマートフォンも取り上げたかったが、そこまではできない。寝続けるのにも限界があるだろう。院内の売店に行けば最新の雑誌類や漫画、小説が売っているから、それをどっさり買い込んでこよう。

デジタルと美しい生地の世界に生きている男だって、たまには紙書籍に触れる時間も必要だ。

いったん病室を辞去して、売店で片っ端から本を買って戻った。

「なんだそれは」

「暇潰し用です。スマートフォンを漫然と眺めているよりはいいでしょう?」

「漫画もあるが……」

「読みません? いま、この週刊誌で連載しているラブコメがめちゃくちゃおもしろいんですよ。お勧めです」

「きみも読んでいるのか」

「はい。昔からこの作家さんの漫画が好きで。この連載、この間始まったばかりだから物語に入りやすいですよ。前の回が気になったら、専用のアプリでバックナンバーも買えます」

「なるほど、休暇中に漫画か。思いつかなかったな」

くすくすと笑う華宮は週刊漫画誌をぱらぱらめくっている。

いつもオフィスで新聞やファッション誌を食い入るようにして貪り読んでいる姿とはまったく違う。怪我しているとはいえ、リラックスして雑誌を眺めている。

「外傷だったら食事制限はとくにありませんよね。なにか飲みたいものや食べたいもの、ありますか。あとでまた持ってきますから」

「コーヒーは……避けておいたほうがいいだろうな。ヨーグルトといちごのゼリーを買ってきてくれないか」

「いちご、お好きなんですか?」

「ああ、フルーツはあまり食べないんだが、いちごとりんごと梨は食べるほうだ。新鮮ないちごが食べたいところだが、まだ早いだろうしな。気に入っているゼリーがコンビニで売っているんだ。それを買ってきてくれれば嬉《うれ》しい」

「わかりました。他には？」

「いや、満足だ。……ありがとう」

しみじみとした声に、反射的に華宮を見た。

つねに凛々《りり》しく、厳しい華宮だが、病衣を着ているいまはとても無防備に見える。スーツという鎧《よろい》で己を固めている男のやわらかな部分を垣間《かいま》見られた気がして、ほんのすこし嬉しくなる。

——これも、このひとの一面なんだ。きっと、僕だけが知っている。

ふわりと胸が温かくなるのを感じながら、「読みたい本が他にあったら遠慮なく電話してくださいね。できれば仕事に関する以外のもので」と言うと、華宮がおどけたように敬礼する。

「イエス、ボス」

たった三日間でも華宮が不在になる。そのニュースはまたたく間に社内に広まり、大騒ぎになった。命に別状はなく、軽傷ですんだという朝陽の報告に皆ほっと胸を撫《な》で下ろしていた。

「よかったぁ。やっぱり華宮さんがいないと空気が締まらないから」

「なんだかんだ言って、華宮さんにどやされるのが結構好きなんだよな、俺。指示がいつも的確だし」

「だね」

『ナイト・ギャルソン』を率いる厳格なトップデザイナーとして煙たがられているとばかり思っていた華宮がこんなふうにスタッフに愛されていることが知れて、朝陽も嬉しかった。

病院から帰る前、彼から家の鍵を預かっていた。パジャマと下着、歯ブラシなど日用品をバッグに詰めて持ってきてほしいと頼まれたのだ。

華宮の住むマンションはオフィスと同じ渋谷《しぶや》にある。そびえ立つタワマンのオートロックを解除し、慣れた感じを装って中へと入る。

華宮の部屋は十五階だ。

渡された鍵で扉を開け、「お邪魔します……」と一応挨拶して部屋に上がる。

想像以上に広い部屋のようだ。まっすぐ伸びた廊下の突き当たりはリビング兼ダイニングルームだろうか。その両隣にいくつもの扉が閉まっていたので、ひとつ開けてみると綺麗《きれい》に清掃されたサニタリールームとバスルームがあった。その隣は寝室だ。部屋の中央にワイドダブルのベッドが鎮座している。

言われたとおり、寝室から繋《つな》がるクローゼットの扉を開け、抽斗《ひきだし》から下着を数枚手に取る。

その下のほうにある棚からは前開きのコットンパジャマも。タオル類もあったほうがいいよなとうろうろしていると、サニタリールームの棚に洗い立てのタオルが山と積まれていた。そこから三枚取ってボストンバッグに詰め込み、歯ブラシと歯磨き粉も入れる。

これで大丈夫だろうかとあたりを見回し、辞去しようとしたものの、好奇心にそそのかされてそっとリビングに入ってみた。

静かで広いリビングは二十畳以上あるだろうか。大きなテレビセットにスピーカー、テーブルにソファとあまり物は多くない。窓際にパキラが置かれている。一応水やりをし、ぐるりと室内を見回す。

ふと、テーブルに置かれた一冊の文庫本が目に付いた。

手に取ってみると、『ロビンソン・クルーソー』だ。子ども向けに易しく翻訳されたものではなく、大人でも楽しく読めるよう、子細に書き込まれた一冊は表紙が反り返っている。

「こういうの読むんだ……」

意外だ。華宮ほどの男だったらテーブルにはファッション誌が山と積まれているかと思ったのに。しかし、きっと仕事部屋が他にあって、そこは多くの書物で埋められているのだろう。

この『ロビンソン・クルーソー』は、たぶん華宮にとって大切な一冊だ。ぱらぱらとめくると、紙のいい匂いがする。ページがやや焼けているところからして、だいぶ前に購入したものなのだろう。

これも持っていこう。いまの彼はまさしく無人島に漂着した『ロビンソン・クルーソー』の心境にあるようなものだから。

これでよし、と呟《つぶや》いて部屋をあとにし、コンビニに寄ってヨーグルトといちごのゼリーを探した。ヨーグルトの在庫はたくさんあったが、華宮が指定してきたいちごゼリーは幸運にも最後の一個だった。ついでにミネラルウォーターのペットボトルも二本。

店員にスプーンをふたつもらい、ビニール袋に入れてもらった。

病院に戻れば、華宮は漫画を読んでいるところだった。

意外にも真剣な表情に吹き出しそうになり、「戻りました」と声をかける。

「あ、ああ。すまない」

「おもしろいですか、漫画」

「つい夢中になってしまった。こういう週刊漫画誌を読むのも久しぶりだな」

「いつも業界紙か新聞ですもんね。それかスマートフォンで最新のファッション情報をチェックしてるとか」

「仕事をするしか能がないからな、私は」

苦い笑みの中に自嘲的なものを感じてそっとそばに寄り、パイプ椅子に腰掛けた。

「そんなこと……華宮さんらしくありませんよ。あんなに素敵な服を創る方なのに」

「デザインに関しては揺るぎない自信がある。……しかし、最近、河合社長がな……」

深くため息をつく華宮の横顔に、見たことのない憂いが浮かんでいる。

彼が言うのは河合勝《まさる》——六十代に差し掛かる質実剛健なタイプだ。社内ですれ違ったことが何度かあるが、思わず壁にぴったり背をくっつけるほどの威圧感がある。壮健で厳《いか》めしい河合は『オウリ』が擁する別ブランドのスーツを身に着けている。彼に『ナイト・ギャルソン』はすこし若すぎるようだ。いつ見てもピンストライプのスーツと渋いチャコールグレイのネクタイで決めている。

「河合社長がどうかしましたか」

「……うん」

華宮にしてはめずらしく言葉を探している。

「僕でよかったら聞かせてください。誰にも話しませんから。口が固いことには自信があります」

「まあ、そうだな。以前オフィスでしたことも誰にもばれてないしな」

夏の夜の秘密の時間をひょいっと持ち出されて顔が熱くなる。

「……意地悪いです、華宮さんは。僕は真面目に言ってるのに」

「すまない、そういう意味じゃない。きみが真面目なのはわかっている。……そうだな。きみには話しておくか。じつは半年ほど前から衝突してるんだ、河合社長と」

そういえば以前、小競り合いしつつもなんとかやっていると言っていたが、あれから関係が悪化したのだろうか。

「どんなことで?」

「『ナイト・ギャルソン』の方向性を変えろと言うんだ」

「どんなふうにですか」

いちいち問い返さなければわからない自分がばかみたいに思えてくるが、辛抱強く言葉の続きを待った。

怪我した左腕をそっと撫でる華宮は瞼《まぶた》を伏せている。

美しい横顔だなと、こんなときに思う。

どんなときだって絵になる男だ、華宮は。

簡素な病衣を着ていても、やっぱり彼にはストイックなまでに絞ったシルエットの『ナイト・ギャルソン』に身を包んでいてほしいとすら思う。

「……きみもよく知っているとおり、私が創る服はタイトだ。着る者の体型を選ぶ。私の考え得るかぎりの美と憧れを詰め込んだ『ナイト・ギャルソン』の服を着たくてダイエットしたという客も多くいるのは知っている。……だが、そんな時代はもう古いと河合社長は言うんだ。いまは体型を選ばずにゆったりしたシルエットが好まれる。スーツよりもスウェット、みたいな」

「なるほど……」

河合社長の言葉にも一理ある。確かに世の中はリラックスタイムを推奨する傾向にあって、ファッションもそれにならう。オフィスカジュアルという言葉が浸透し始めたせいだろうか。ぴしりとしたスーツに身を固める男性はまだまだ多くいるが、ネクタイを締めず、シャツのボタンをひとつふたつ外したサラリーマンもちらほら見かけるようになった。

「素材も変えろと言われた。高級な生地を使うのではなく、もっと安価なものを使えと。そのほうがコストが下がるからな」

「つまり、『ナイト・ギャルソン』をファストファッション化させようということですか?」

「勘がいいな、きみは。いちごゼリー、もらえるか」

「あ、はい」

コンビニのビニール袋をごそごそ探り、赤いカップとスプーンを差し出す。

蓋をぺらっとめくって、華宮は美味《お》しそうにゼリーを頰張っている。その姿が先ほどまでの深刻な話題とかけ離れていて、すこし肩の力が抜けた。

「うん、美味しい」

「華宮さんでもそういうコンビニスイーツを食べるんですね。なんだか意外です」

「よく食べるぞ。コンビニにはしょっちゅう行く。あそこほど商品の回転が速い店というのもなかなかないからな。コンビニチェーンのフットワークのよさには頭が下がる。どんどん新商品を打ち出して、客の反応を確かめ、なにを切り捨てるか、なにを残すか、日々の売上で柔軟に判断する。つねに明日との勝負だ。一年、二年先の流行を考えて物作りをするファッション業界とは対照的だな」

「だから、『ナイト・ギャルソン』には意味があるんだと思います。変わらない強さがあなたの服にはあるじゃないですか。確かにコンビニ業界とファッション業界はさまざまなことが違います。コンビニはパッと寄ってパッと手軽に買える、そこがいいところです。でも、華宮さんの服は違います。……憧れて、何年も憧れ続けて、ウィンドウの前に立つのですら勇気が要るのに、初めて店内に入ったときの高揚感と不安はいまも忘れられません」

華宮の創る服に対してはひと一倍情熱があると自負する朝陽は、うつむいて両手を組み、何度もひと差し指を組み替える。

どうにか、この想いが伝わってほしい。彼の服に勇気づけられてきたことを。

「……僕が両親にあまり顧みられなかったことは、前にお話ししましたよね」

「ああ、覚えている」

「幼い頃から他人のお下がりばかり着ていた僕にとって、値札のついた新品の服は憧れの象徴でした。僕も、僕の好きな服を買いたい、着たい――そう願い続けてファッション誌を読みあさっていたときに、『ナイト・ギャルソン』の服に出会いました」

あのときの衝撃はいまも忘れられない。

見る者を離さない鋭い視線をたずさえたモデルが纏《まと》うのは漆黒の力強い服。ロングコートの前を粋にはだけ、逆にシャツはストイックなまでに首元まで締めている。非常にタイトな創りなのはモデルの体型を見てもわかった。

「選ばれたひとが着る服だとひと目で惚《ほ》れ込みました。お金を貯《た》めて、いつか『ナイト・ギャルソン』の服を買いたい……そう思って、何度も店舗に足を運んだけど、中に入る勇気はなかなかありませんでした。でも、高校三年のときかな。バイトで貯めたお金があったので、思いきって新宿《しんじゅく》店に行ったんです。僕が持っていたのは四万円。ネクタイ一本ぐらいなら買えるかなって」

当時のことを思い出すと面はゆい。そわそわしながらあたりを見回し、いい香りのする店に入った瞬間のときめきと言ったら。

「憧れ続けた服が店内に綺麗に陳列されていました。夢のようだった……。そのときの僕はバイト帰りだったので、学生服にダッフルコートを羽織った、そこらの一般人です。絶対に店員さんも相手にしてくれないと思った。でも、声をかけてくれたんです」

「どんな？」

「『なにかお探しですか』って。とてもやさしい声の男性が笑顔で接客してくれて、シャツかネクタイが欲しいって言ったら、いろんなタイプのネクタイとシャツを見せてくれたうえに、試着までさせてくれたんです。それに、スーツも。僕はネクタイぐらいしか買えないから断ったんですけど、『大人になったら、またうちに来て、服を買ってください』って、……ほんとうにたくさん試着させてくれたんですよ。絵本に出てくるお姫様ってこんな気分なのかなって思いました」

いままで胸の奥で温めていた想い出を語るのが照れくさくて、熱い頬を手のひらで擦る。

華宮はじっと耳を傾けてくれていた。

「結局、そのとき僕はネクタイ一本を買って帰ったんですが、もう夢見心地でした。憧れていたブランドの服がたくさん着られた嬉しさと、スタッフの皆さんのやさしさに。一見とっつきにくそうなデザインですが、熱心なお客様がついている理由があのときわかりました。『ナイト・ギャルソン』は服だけじゃなくて、夢も売ってくれてるんだって。どこの者とも知れない僕に多くの夢を見せてくれたうえに、励ましてくれました。『ナイト・ギャルソン』の服を堂々と着られる大人の男になりたいという夢を、あなたの服は僕に授けてくれたんです」

「……そうか」

「変な話聞かせちゃってすみません。……河合社長の言うこともある意味正しいとは思います。いまの時代はゆるく、のんびり行こうというムードが強いですが、それを『ナイト・ギャルソン』が担うことはないと思います。生意気な意見ですが――ファストファッションを創りたいなら、べつのブランドを立てるべきじゃないでしょうか。『ナイト・ギャルソン』には十年の歴史があります。それをいまになって急に路線変更してしまったら、お客様が迷ってしまいます。あなたの服に憧れて、いつか欲しいと願う者もさまよってしまいます」

「私の服に、憧れる、か……」

「変わらないでください。でも、変わることを恐れないでください」

自分でも思いきった発言だとはわかっていた。

だけど、言わずにはいられなかった。

流行《はや》りすたりの激しいファッション業界において、変化し続けることはつねに要求されるものだ。

「『ナイト・ギャルソン』だって、まったく変わらなかったわけではないじゃないですか。僕が出会った頃は黒一色でしたけど、最近は白も加わるようになりましたよね。襟のデザインだって、毎シーズン変わる。ポケットのデザインも。この業界に入ってまだまだ新人の僕が言うのもおこがましいですが、昔の『ナイト・ギャルソン』のデザインが好きで、古着屋で探すひともいるぐらいです。でも、そうは言ってもきっと華宮さんは挑戦し続ける。あなたに変わるなというのは傲慢です。生きていく以上、変わっていくのが当たり前です。……床に臥《ふ》せっているあなたに仕事の話を持ちかけるのは酷なんですが、『ナイト・ギャルソン』のセカンドラインを立ててみませんか」

「セカンドライン？」

「マフラーやストール、手袋にカフス、キーリングなんかもどうですか。お財布や靴もいいかもしれませんね。『ナイト・ギャルソン』には憧れていても、高くてなかなか手を出せないひともいるのは事実でしょう。そんなひとのために、手の出しやすい価格帯の小物類のセカンドライン。どうですか？　それをきっかけに、本来の『ナイト・ギャルソン』にも興味を抱いて足を運んでくれるひとも出てくるかもしれません」

「セカンドラインか……あれはあれで気を遣うものなんだ。カフスやバッグ、マフラーや手袋などはフリーサイズでできるが、靴はな。それぞれのサイズがあるだろう」

「さすがに欲を出しすぎましたかね。だったらとりあえず小物で」

「キーリングか。ボールペンや手帳なんかもいいかもしれないな。いまはなんでもスマートフォンに入力する時代だが、アナログな手帳派もまだまだ存在している。紙のページをめくるのが楽しいんだろうな。それは、私もきみが買ってきてくれた漫画雑誌でよくわかった」

夢や希望を押し付けるのは無責任だとわかっている。

だが、かつて『ナイト・ギャルソン』に夢見た自分のように、これからもあの服たちに憧れを抱く者も出てくるはずだ、きっと。

「考えておく」

華宮がひとつ頷《うなず》く。

衣食足りて礼節を知る、という言葉はもう古いかもしれない。

ただ穏やかな日常生活を送るためだけなら、手軽なファストファッションでもいい。

それでも、朝陽は目の前の男に賭けたかった。

彼ならかならず導いてくれる。『ナイト・ギャルソン』の独創的なスーツ、コートを身に纏ったとき、背筋をしゃんとしたくなるあの言い知れぬ胸の昂ぶりを教え続けてほしい。

「きみは――『ナイト・ギャルソン』に恋してるんだな」

じわりと胸に滲《にじ》むような温かな声に、「はい」と頷いた。

そうだ、まさしく恋だ。そして、華宮が好きだ。

言いたいことはまだたくさんあったけれど、彼は怪我したばかりだ。無理をさせてもいけないだろう。そろそろ帰ろうと腰を浮かすと、「ちょっと来い」と手招きされた。

プラスティックのスプーンでいちごゼリーをひと匙《さじ》すくった華宮がそのまま手を差し向けてくる。

「あーんしろ」

「……はい？」

「あーん、だ」

華宮の声にそそのかされ、口をかすかに開く。

「あ、……あーん」

「よくできた」

つるりとしたゼリーが口の中にすべり込んでくる。冷たくて、とても甘酸っぱい。

華宮が器用に艶っぽく片目をつむった。

「これできみと私は共犯だな」


それから三日間、朝陽はこまめに病院に通い、華宮の世話をした。

大怪我ではないけれど、『ナイト・ギャルソン』トップデザイナーということもあり、華宮は個室を選んでいた。

短い入院だが、風呂には入れない彼に代わって、熱い湯に浸したタオルを固く絞り、身体を拭いてやったり、水を使わないドライシャンプーで髪を清めることもした。

「怪我したのが利き腕じゃなかったのは不幸中の幸いでしたね」

「ほんとうだな。きみには大層世話になった」

「いえいえ、このぐらい、なんてことないです」

「万が一きみが入院するようなことがあったら私が世話をしてやる」

「そんな、恐れ多すぎます」

くすくす笑い、彼の頭皮を軽く揉み込む。ドライシャンプーは意外なほどリフレッシュできるようで、華宮は気持ちよさそうな吐息を漏らしていた。

「退院したら、まずはハイネの美容院に行きたい。髪が伸びて鬱陶しいんだ」

「電話しておきます」

「それから、味の濃いものが食べたい。六本木《ろっぽんぎ》にある焼肉屋に予約しておいてくれ」

「わかりました。何名で？」

「きみと、皆木と、桐谷と、私の四人で。きみたちには今回相当迷惑をかけてしまったからな」

「気になさらなくていいのに」

「快癒祝いだ。酒をほどよく呑《の》んで、煙草《タバコ》も吸いたい」

「入院中はできないことばかりですもんね」

毛先まで洗い終えた髪を大判のタオルでくるみ、やさしく拭う。

「気持ちいい……、きみは髪を洗うのがうまいな」

「ハイネさんのほうがずっとうまいでしょう。本職ですし」

「確かにそうだが、きみの指はやわらかにゆっくり頭を包んでくれてほっとする。ハイネはやっぱり仕事だからな。スピーディなんだよ。あっという間に始まってあっという間に終わる。それがいいと思っていたときもあったんだがな……」

彼のうしろに立っているから、表情までは窺《うかが》えない。けれど、明日退院を迎えようとしている華宮の声音は、あきらかに以前と違っていた。

前はもっと厳しかった。ひとつひとつの指示に重みがあり、鋭さがあった。

『ナイト・ギャルソン』を牽引していく者としてそれは当然だと思うが、彼を恐れる者も社内にはすくなくない。社長の河合とはまた違う意味合いで遠巻きにされていたのだ。

しかし、事故をきっかけに入院を余儀なくされ、酒も煙草も味わうことのない健康的な生活の中で、彼の感覚がすこし変わったのだろう。

体内時計がゆっくりになったとでも言うべきか。

入院した翌日には皆木や桐谷も病院に駆けつけ、タブレットPCとバッテリーを置いていった。デザイン帳と鉛筆もセットで。

だが、華宮はこの三日間、デザイン帳を開こうとしなかった。タブレットPCも開くことはなかった。

呆《あき》れるほどのんびりとした時間が流れる中、華宮は存分に眠り、決まった時間に食事をし、起きている間は朝陽が買ってくる週刊誌や漫画を読みふけっていた。

それに、『ロビンソン・クルーソー』も。

いつもその本は枕元に置かれていた。きっと、消灯間際までぱらぱらとめくっているのだろう。いまの時代、タブレットPCがあればたいていのことはできる。サブスクリプションで映画や動画を観《み》たり、電子書籍を読むことも可能だ。

しかし、この短い休暇中に華宮が選んだのは一冊の本だったようだ。

「ありがとう、すっきりした」

「どういたしまして」

頭を洗い終え、身体も拭き終わった華宮に新しいパジャマを着せてやる。さすがに下着の替えは自分でやってもらっているが、毎日の洗濯物は朝陽が預かり、自宅で洗濯して戻すようにしていた。

「その本、よほどお好きなんですね」

「うん?」

ベッドに戻り、上体を起こしている華宮が振り向く。十四時、昼食も終わり、夕食までにはまだ間がある。髪を洗ったことでさっぱりしたのか、仮眠を取る気配はない。

だから、朝陽もパイプ椅子に腰掛ける。今日もいちごゼリーを買ってきておいた。

「『ロビンソン・クルーソー』、好きなんだろうなって。自宅に置いてあったのを勝手に持ってきちゃってすみません」

「いや、助かった。好きな本はたくさんあるが、この本は特別なんだ。初めて買ってもらったのは小学二年生の頃だろうか。その頃与えられたのは子ども用に易しく翻訳されたものだったが、それでもずっと持っていたんだ。いい年になってから、大人用に翻訳し直したものが出ていると知って、飛びついた」

「僕もその本好きですけど、華宮さんはどんなところに惹《ひ》かれたんですか」

「孤島に単身辿《たど》り着いて自給自足するタフさがありながらも、嵐に襲われたときには神にすがるという脆《もろ》さだな」

「脆さ、ですか」

「ああ、この物語の主人公は強くて好奇心旺盛で、だけどやっぱり人間だから脆い。野生の山羊《やぎ》を捕まえて飼い慣らしたり、その次はオウムを捕まえて言葉を教え込もうとする。誰かと言葉を交わしたかったんだろうし、自分以外の存在を感じていたかったんだろう。幼い頃は冒険シーンばかりに目が行っていたが、この三日間で私も案外脆いものなんだなと実感したよ」

　朝陽からいちごのゼリーを受け取った華宮は美味しそうに頬張り、「無人島にはこんなものもなかっただろうからな」と笑う。

「ひとは食べなきゃ生きていけない。屋根のある場所で眠らないと安心できない。でも、そのふたつが満たされたあとは、やっぱりひと恋しくなるんだ。自分が……私がいま生きているという証《あかし》を誰かのこころに刻みたい。この物語の主人公もそんなふうに思ったんだろうと考えて、新鮮な気分で読み直した」

「いいですよね、そういうの。僕も読み直そうかな」

「よかったら貸すぞ」

「いいんですか?」

「いい。私はもう三回読んだから。その代わりと言ってはなんだが——」

意味深な目配せをしてくる華宮が、ひと差し指でちょいちょいと手招いてくる。

なんだろうと身を寄せると、耳元でこそりと囁《ささや》かれた。

「きみばかり頼って申し訳ないが、明日の退院もつき合ってくれないか。そのまま自宅に戻って風呂に入りたいんだが、ひとりでは覚束《おぼつか》なくて」

低く甘い声を耳にしてかあっと頬が火照る。

「い……いいです、けど」

「いいのか？　ほんとうに？」

「べつに、お風呂ぐらい大丈夫です。僕は服を着たまま入ればいいですし」

「それではびしょ濡《ぬ》れになって気持ち悪いだろう。せめて下着姿にしてくれ」

「でも」

「上司命令だ」

「やっぱり意地悪です、華宮さんは」

こちらの恋ごころを知っているのか知らないでいるのか。知っていたとしたらたちが悪いし、知らないとしたら相当鈍い。

「……どうして」

「ん？」

思いきって言ってしまうことにした。

「どうしてあの夜、オフィスであんなことをしたんですか？」

「きみはどう思っている？」

まだ戸惑っている。恋ごころが芽生えたばかりなのに、一方的に快感を煽《あお》られた。本気で嫌だったら殴ってでも蹴ってでも止めていたはずだ。しかし、朝陽はそうしなかった。拒まなかった。あのときにはもう彼に惹かれていたから。

だけど、華宮のほうはどうだろう。

都合のいいセックスフレンドとでも思っているんじゃないだろうか。

華宮は黙って笑っているだけだ。その本心を暴いてしまいたいけれど、自分にだってプライドがある。澄ました顔を取り繕った。

「明日、こころを込めてお背中を流します」

「ありがとう。楽しみにしている」

華宮が晴れやかに笑った。


翌日、退院手続きをするという華宮に朝からつき合い、大半の荷物を持ってふたりでタクシーに乗り込んだ。

入院する際に荷物を取りに行って以来の部屋に上がると、いささか緊張してしまう。

「さあ、入ってくれ」

「お邪魔します」

「数日ぶりの我が家だ……落ち着くな」

「まずは空気の入れ換えをしましょうか」

「そうしよう」

リビングの窓を開けると初冬の風がさあっと入り込んできて、一気に部屋を冷やす。しかし、個室に閉じ込められていた華宮は深呼吸し、冬の始まりを楽しんでいるかのような横顔だ。

「この季節が好きだ。今年はどのコートを着ようか、どんなコートを買おうかと雑誌やネットを見るのが楽しい」

「僕もです。ファッションは冬場が楽しいですよね。重ね着もできるし」

「コットン、カシミア、シルクにウール。素材を考えるのもわくわくする」

室内中の空気が入れ替わったところで窓を閉め、暖房を点《つ》けた。ひんやりした空気はゆっくりと上昇していく。まだギプスをはめている華宮を手伝って荷解きをし、リクエストどおり、バスタブに湯を溜《た》める。

「風呂に入りながらワインを呑んでもいいか」

「酔いませんか？」

「一杯だけだ。ゆっくり足を伸ばして自由の身になったことを祝いたい」

「せめてお風呂を出たあとにしてください。絶対酔います」

「仕方ないな。了解」

不意打ちのような事故と短い入院生活をきっかけに、華宮との関係はすこし変わった。

前よりも、近づけた気がするのだ。フィジカルな意味ではなく、こころの距離が。

このままでもいい。そんな気もしている。

こころに秘めた想いはそのままに、よき上司と部下、という関係性を続けていきたい気もする。だけど、そんな淡い想いを見透かしているのか、華宮はサニタリールームに向かいながら、気軽に言うのだ。

「シャツのボタンを外してくれるか?」

「……わかりました」

怪我をしているとは言ってもひびが入ったぐらいなのだから、「自分でやればいいでしょう」と突き放すこともできるのだが、華宮の艶やかな声には逆らえない。

上背のある彼と向き合い、シャツのボタンをひとつずつ外していった、このシャツは『ナイト・ギャルソン』のものではない。怪我した腕に響かないよう、別ブランドのワンサイズ上のものを朝陽が急遽《きゅうきょ》買ってきたのだ。

赤と紺のフランネルシャツはイギリス製だ。華宮も好きなブランドだと言っていて、実際気に入ったようだ。

「きみの趣味はいいな。さすが幼少期からファッションに触れてきただけのことはある」

「羨ましく眺めてただけですよ」

重くならない程度に笑って返す。

確かに、目は肥えているほうだと思う。

暇さえあれば雑誌をめくり、ネットで最新のファッション情報をチェックし、ウィンドウショッピングも足がくたくたになるまでこなしたほどだ。

シャツを脱がし終え、ウールのパンツを脱がそうとするとどうしても指先が細かに震える。

「緊張しているのか？」

いたずらめいた声を咎《とが》めるように、上目遣いでじろりと見た。

「店舗勤務だったら、それこそ数え切れないほどの男性の身体に触れるんだぞ。マネキンから服を脱がせているとでも思えばいい」

「確かにそうですね。わかりました。あなたをマネキンだと思うことにします……が、うしろを向いてください」

「そんなに恥ずかしがらなくてもいいのに」

くっくっと笑う彼が素直に背中を見せる。

思いきって下着ごとスラックスをずり下ろし、靴下も脱がせた。

「どうぞ、お風呂へ」

勧めるままに華宮はバスルームに入り、プラスティック製の椅子に腰掛ける。彼の身体が冷えないうちに急いで朝陽も服を脱ぎ、下着一枚の姿で彼のうしろに立った。

「まずはシャワーで身体をざっと洗いますね」

「ああ、頼む」

広い背中にやさしく湯を当てる。

ぴんと張り詰めた皮膚はなめらかで、背中に真ん中一本筋が入っている。

逞《たくま》しくでこぼことした骨をうなじからそっと撫でていき、張り出した肩甲骨の硬さを確かめた。この硬い骨の連なりが華宮を支えているのだ。

そう思うとことさら丁寧に洗いたい。

スポンジを泡立て、ゆっくりと背中を擦っていく。

「……気持ちいいな。上手だ」

「ほんとうですか？　よかった」

深い溝を作る背骨をごしごしとスポンジで擦り、尾てい骨のあたりも洗う。泡だらけにしていくうちに、長い脚も洗いたくなってきた。

「前、向いてもらえますか」

「いいのか？」

「タオルで隠してもらえば」

素直にタオルで前を隠す華宮がくるりと前を向く。

定期的にジムに通っているだけある。鍛え抜かれた肢体に見とれ、あわやスポンジを取り落としそうになった。

彼自身がモデルになってもおかしくないほどの長い手足を洗い始める。右手、右足、左足。出っ張ったくるぶしやへこんだ足の裏、指の谷間もしっかりと。ギプスがはまった左腕はそのままにしておいた。

慎み深く身体の真ん中を隠しているところは避けて、「あとで自分で洗ってください」と言おうとしたが、タオルがむくりと持ち上がっていて顔中が真っ赤になってしまう。

「あの、これ……」

「仕方ないだろう、自然現象だ」

「でも……なんか、あの、おおきい……」

「そうか？　気にするな」

気にするなと言われれば言われるほど目が釘付《くぎづ》けになる。

以前、彼に触れられたときはスラックス越しに硬い塊を感じただけだ。

実際はどんな感じなのだろう。

どんな、熱なのだろう。

抑えきれない好奇心に煽られて、思わずぴらっとタオルの端をめくり上げた。

「うわ」

「なんだ、その声は。勝手に見ておいて失礼な」

華宮も多少は恥ずかしいのか、声がやや上擦っている。

「自分で……洗いますか？　それとも……」

「それとも、なんだ。きみが洗ってくれるのか？」

「……洗うだけ、なら。あの、お願いがあります。……感じないで、くださいね……」

「……無茶を言うな」

華宮が低く呻《うめ》き、目を手のひらで覆い隠す。

勇気を振り絞ってタオルを取りのけ、大きくそそり勃《た》つ太竿《ふとさお》を目の当たりにした。魅入られたように両手を添え、肉竿の熱さを感じ取る。

「すごい……大きくて、熱い、です」

「……いちいち言うな」

びくんと肉竿が跳ねる。敏感な部分をスポンジで擦るたび、どくどくと強い脈が伝わってくる。生々しい感触にごくりと唾を呑み、衝動のままにスポンジを放り投げ、手のひらでじかに触れた。

「……ッ」

華宮の腰が大きく揺れる。

「こら、ばか、そんなに触る、な」

「だって……ちゃんと洗ったほうがいいと思って……」

立派な亀頭から竿の根元までぬるりと扱《しご》き、濃いくさむらも泡立てる。

互いに息が荒い。華宮の息が浅いのは理解できるが、ただ触れているだけの自分まで興奮するのはなぜなのか。

にゅるにゅると熱杭《くい》を洗うたびに華宮がぶるりと獣のように頭を振り立て、濡れた髪の隙間からぎらりと睨《にら》み据えてくる。

「我慢、できない」

「華宮さん……っあ、あ……！」

手首を握られたかと思ったらそのままバスタブに連れ込まれた。ちゃぷんと湯が跳ね飛び、華宮をまたぐようにのしかかる。

浮力でそう負担はかからないだろうと思うものの、この格好はまるで自分が彼を襲っているみたいで落ち着かない。

湯の中で下着をずり下ろされ、とうに勃起していた性器を軽く扱かれた。

「あっ、あっ！」

「私の気持ちがわかったか」

「わか、りました、わかりました、から……離して……っ」

「だめだ」

朝陽の身体をぎゅっと抱き締める華宮が腰を押し付けてくる。

昂ぶりが擦れ合い、おかしくなりそうだ。

骨張った手が互いの肉竿を握り、擦り合わせる。

「あっ……ん……っい、いい……っ」

「私もだ。野々原くんのここは触り心地がいいな。いやらしい形で、弾力もいい」

「や……っだ、はずかし……っ……」

双球も意地悪く揉み込まれ、どうしたって声があふれ出す。

うずうずする全身を擦りつけると、後頭部を摑《つか》まれ、くちびるをふさがれた。

「ん、ぅ、っ、ふ……っ」

舌をじゅるりと吸い上げられて夢見心地だ。

華宮はことのほか、キスがうまい。舌先をやわらかに食《は》まれると身体の奥底から熱が湧き上がってきて、どうにかしてほしいと訴えたくなる。

下肢を扱かれながら、同じタイミングで舌も搦《から》め捕られる。

長い舌先で口蓋を探られ、くすぐったさと快感がない交ぜになる。

「ん、んァ、っ――ッ」

ろくに息継ぎもできなくて、甘苦しい。

唾液をとろりと這《は》わせてくる華宮に喉元をくすぐられ、こくんと飲み干した。その濃密さに頭の芯がぼうっとなっていく。

「……もっと……」

「もっと、なんだ？」

「もっと、……欲しい……です」

「わかった」

怪我した左腕はバスタブの外に出したまま、華宮が後頭部を引き寄せてくる。

「きみの手は、ここだ」

触れ合うふたりの肉竿を掴まされたので、ぎこちなく両手で扱く。くちびるの中を熱っぽくかき回してくる舌に乱されて、蕩《とろ》けそうだ。

存分に舌を吸い上げた華宮が楽しげに笑う。

「きみの胸ががら空きだ」

「え……あ、あっ、ん……っ！」

乳首をきゅうっとつままれて、せつない声がほとばしった。

華宮に触られるまでなんともなかった場所が、いまやすっかり性感帯のひとつになっている。

こりこりとよじられ、引っ張られ、むず痒いぐらいの快感に悶《もだ》えると、親指とひと差し指の間でねっちりと揉み込まれる。それがたまらなくよく、無意識に自分から腰を押し付け、互いの肉茎を懸命に擦った。

「いい、な、きみの指がぎっちり絡み付いてくる」

「華宮さんだって……僕の胸なんか……触っても、おもしろく、ないでしょう……っあ……！」

「おもしろくないわけがない。こんなに感じやすい身体は初めてだ」

「ん、んぅっ」

自分と出会うまで、華宮はどんな男を、どんな女を抱いてきたのだろう。なめらかな快感を引き出す大きな手が身体中をまさぐるたび、熱い嫉妬で胸が燻《くすぶ》る。

「……慣れて、ますよ、ね。華宮さん……たくさん、遊んで、きたんでしょう……」

感じながらも憎まれ口を叩く朝陽をまっすぐ見つめ、華宮は「いいや」と低い声で呟く。

「服を創る上で、多くの綺麗な男たちを見てきたが……きみは特別だ」

どんな意味でそんな言葉を囁くのだろう。

──タフな皆木さんよりも？　冴えた桐谷さんよりも？　頼り甲斐《がい》のあるハイネさんよりも？　どんな意味で僕に触れてくれてるんですか？

華宮を取り巻く華やかな男たちを思い浮かべた次には、夢中になって彼のくちびるに吸い付いていた。

離したくない。誰にも渡したくない。

他人に対して、ここまで強い独占欲を抱いたのは生まれて初めてだ。

ずっと『ナイト・ギャルソン』だけに固執してきた。美しいスパイスがちりばめられた服の虜になり、一枚でも多く服が欲しいと願ってきたが、ひとに対してそこまで想ったことはない。

愛された記憶がないせいだろうか。

ただ置物のように扱われ、死なない程度の衣食住は守られてきたけれども、そこに温《ぬく》もりはなかった。慈しみもなかった。

だけど、いま触れてくれる華宮は違う。

朝陽の感じるところをひとつずつ丁寧に探し当て、細やかに愛撫《あいぶ》してくれる。ときおり、その手つきが大胆に動くのもまたよかった。

朝陽の両親は無関心だった。だから、強く抱き寄せられる嬉しさは初めて感じるもので、ことのほか胸に染み入る。

次にどう手が動くか予想がつかないところも、華宮らしくていい。

ぐっと引き寄せられる強さと、淫らにくねり動く舌に搦め捕られて、もう彼のことで頭がいっぱいだ。

たどたどしい動きでも、華宮は感じてくれているらしい。そして自分も、また。

にちゅにちゅと湯の中で手を動かし、ぎゅっと先端を絞り込むようにすると、華宮が強引に舌をねじ込んでくる。

「ン――ッ……！　ん、ん、も、う、……もう、イキた……い……です……っ」

「一緒がいい」

朝陽の上から華宮がひと回り大きな手をかぶせてきて、ごしゅごしゅと擦り立てる。自分とはまるで違う巧みな愛撫にたちまち火が点き、昇り詰めた。

「あ、あ、イく、イっちゃう……！」

「く……っ」

びくんと身体が震えるほどの絶頂感に追い詰められ、朝陽は喉を反らした。淫らな息遣いがバスルームに反響し、のぼせそうだ。

一拍遅れて華宮もどくりと放ち、たっぷりとした精液を朝陽の手のひらに打ち付けてくる。その卑猥《ひわい》なぬるりとした感触に陶然となり、湯を汚しているという事実も忘れ、残滓《ざんし》を絞り出すかのように無心になって扱き続けた。

「っ……はぁ……っあ……っ……はぁ……っ」

「栓を、抜こう」

息の荒い華宮がバスタブの栓を抜きながら、新しい湯で埋めていく。それだけでは足りないから、シャワーのノズルをひねり、ふたりして頭からぬるめのしぶきを浴びた。

身体中が火照り、奥のほうがずきずき疼《うず》いている。

そのことを感じ取ったのだろう。華宮がするりと朝陽の尻の狭間《はざま》に指をすべらせてきて、きつく閉じる窄《すぼ》まりを慎重に探ってくる。

「……いつか、ここに、挿《はい》りたい」

「ん、っ……」

そのとき、ふたりはどんな関係なのだろう。

上司と部下のままで、身体だけの関係なのだろうか。華宮にとって、自分というのは扱いやすいだけの男なのだろうか。

いつ触っても文句を言わない、無言のマネキンのような存在。

――そんなのは嫌だ。

漠然とした怒りのようなものがこみ上げてくる。

その怒りの矛先は華宮ではない、自分だ。

彼を押し上げたいと思っているのに、まだなにもできていない。この四日間はつきっきりで世話をしたけれども、ほんとうにしたいことはそうじゃない。

――このひとの右腕になりたい。入社一年に満たない僕が言うことじゃないとわかってるけど。

頼れる右腕だったら、すでに皆木と桐谷がいる。彼らを押しのけて自分だけが抜きん出たいというのではない。

ただ、身体だけではなく、こころも欲しがってほしい。

そのために、なにをすればいいのか。

朝陽が提案したセカンドラインについて、華宮は『考えておく』と言っていた。

あの話をもう一度持ち出してみようか。

だが、いまはすこし場が悪い。

「湯冷めをする。もう出よう」

片腕で抱き寄せてくる男にもたれながら、バスルームを出た。先に華宮をバスタオルで拭い、もう一枚大判のタオルで自分の身体を拭く。

「そこの棚にバスローブがある。余分にあるから、きみも使ってくれ」

「はい」

ふかふかした上質なバスローブを羽織ると、やっと人心地がつく。

「ずいぶん無理をさせてしまったな。大丈夫か？　のぼせたりしてないか」

「大丈夫です。華宮さんこそ、左腕、痛みませんか」

「ああ。薬がまだ効いてる。一緒に軽くなにか食べよう。それからまた痛み止めを飲んでひと眠りする。……頼みがあるんだが」

「どんなことでも」

「今日、泊まっていってくれないか？　まだ左腕がうまく動かせないし、いろいろと不自由だから」

「僕がそばにいてお邪魔じゃないですか？」

「そんなの考えたこともない」

驚くように目を瞠《みは》った華宮はうっすらと頬を赤らめている。完璧な大人の男だとばかり思っていたが、意外と純情なところもあるようだ。

朝陽も照れながらくすりと笑い、「わかりました」と頷く。

「じゃあ、一泊だけ。コンビニで下着と歯ブラシ買ってきます。あと、あなたの好きないちごゼリーも」

「すっかり覚えられてしまったな」

苦笑いする彼を置いてもう一度着替え、マンション近くのコンビニに走った。

ボクサーパンツと新しい歯ブラシ、それにミネラルウォーターのペットボトルにいちごゼリーをふたつ買って部屋へと戻る。

華宮はまだバスローブ姿だった。

「ピザでも取らないか？」

「そんなのでいいんですか」

「そんなのがいい。ジャンクな味に飢えてる」

「確かにそうですよね」

短い入院生活ではあったものの、味が濃いものを欲しがっているのだろう。

スマートフォンで検索し、Lサイズのピザを注文することにした。コーラも一緒に。

ピザが届くまでの間、大型の液晶テレビでバラエティ番組を流し、穏やかなひとときを過ごす。ふたり並んでソファに腰掛け、いまにも肩が触れそうだ。

だけど、互いに微妙な距離感を保っていた。先ほどバスルームで過ごした淫靡《いんび》な空気を互いに思い出さないようにしている気がする。

自宅だからか、華宮はいつもよりくつろいだ横顔だ。ビールを呑みたがっていたが、まずはピザで腹ごしらえが先だ。

二十分ほど待っているとインターフォンが鳴る。病み上がりの華宮に代わって朝陽が対応に出た。

玄関先まで届けてくれた配達員からピザとコーラを受け取り、浮ついた足取りでリビングに戻る。

いまさらながら、華宮のプライベート空間に踏み込んでいる甘さが胸に迫ってくる。

怪我した直後だから気弱になっているだけかもしれないが、出会ったばかりの頃の華宮はもっと厳しく、鋭かった。

四月の桜が散る頃に『オウリ』に入社し、店舗販売を希望したはずなのに、なぜか『ナイト・ギャルソン』のアシスタントに配置された。

最初の三、四か月はただのお使い小僧でしかなかったが、アクシデントのように身体を重ね、仕事への想いの強さを垣間見、服以上に彼に惹かれていったのだ。

いまでは、もうしっかりと胸に棲《す》んでいる。

彼の頼もしい右腕となるべく、セカンドラインのアイデアも打ち出した。自分でも悪い考えじゃないと思う。細部を詰めていけば、ほんとうに実現化しそうだ。

そのうえ、突発的な怪我をきっかけに、急速に親しみやすくなったのは気のせいだろうか。

もっと知りたい、華宮のことを。身体の熱を分け合うだけではなく、彼自身に入り込んでいきたい。

欲深だなと己を諌《いさ》め、「届きましたよ」とテレビの前に置かれたガラステーブルにピザと缶コーラを置いた。

「手を洗ってくる。きみも一緒に」

「はい」

サニタリールームで手をきちんと洗い、熱々のピザが待つリビングへと向かう。

朝陽も久しぶりのデリバリーピザだ。蓋を開けると、ほわりと湯気が立ち上り、チーズのいい匂いに鼻を蠢《うごめ》かす。

「お腹《なか》減った……」

「私もだ。まずはコーラで乾杯」

「乾杯。退院、おめでとうございます」

「ありがとう」

缶の縁を触れ合わせ、強い炭酸を呷《あお》る。

とろりと糸を引くチーズが載ったピザを取り分け、それぞれに頬張る。

「ん。美味《うま》い」

「美味しいですね。こういう味、癖になっちゃいます」

「『ナイト・ギャルソン』の服を着続けたいなら、月に一度のご褒美だぞ」

「わかってます」

あーんと大きく口を開け、厚めの生地を押し込んだ。

細身のシルエットでできている『ナイト・ギャルソン』の服をこれからも愛していくなら、体型維持は大切だ。だけど、たまには羽目を外したっていい。毎日ダイエットのことばかり考えていたら逆に調子が悪くなる。

「腹もふくれてきたから、そろそろビールかワインはどうだ?」

「いいですね。炭酸が続いちゃうから、ワインはいかがでしょう」

「よし。ハイネから前にもらった美味しいワインがあるんだ。それを開けよう」

ハイネとは相当親密なようだ。そのことにもやもやするけれど、ワインを呑んでしまえば問題ない。

華宮が持ってきたのは冷蔵庫で冷やしていたらしい白ワインだ。栓抜きは朝陽が担った。綺麗なワイングラスに注ぎ、もう一度乾杯する。

きりっと辛口の白ワインはとびきり美味しくて、すいすいいけそうだ。用心しないと、みっともなく酔っ払ってしまいそうだ。

華宮は食欲旺盛にピザを平らげ、ワインに舌鼓を打っている。

「久しぶりのアルコール、どうですか」

「美味い。文句なしに美味い。ピザも。きみと一緒に食べているせいかもな」

くすぐったいことを言われ、落ち着かない。

肌を触れ合わせたけれど、彼のこころはどこにあるのか。

聞いてみたい気もするけれど、まだこのままでもいいという気もする。

なにせ、華宮は退院したばかりなのだ。ゆっくりさせてあげたい。

しかし、うっすら酔った意識は理性を押し潰してしまう。

「……ハイネさんとは長いおつき合いなんですか？　あの美容院に行くきっかけって？」

「彼の腕は確かだ。以前、べつの美容院にいた頃から指名していたんだが、独立を機にうちの社内カタログを作る際にもヘアメイクを手伝ってもらっているんだ」

「そうなんだ……」

思っていた以上にハイネは華宮に食い込んでいる。皆木や桐谷とはまた違った意味で必要不可欠な存在なのだろう。

「いいな……僕もそうなりたいです」

ほろりとこぼれた本音に、華宮がきょとんとした顔をする。

「ハイネみたいにヘアメイクに興味があるのか？」

「そうじゃなくて……」

そういうことではない。

「僕は……あなたの」

そこまで言いかけてぐらりと身体が傾《かし》いだ。

「もう酔ったか」

可笑しそうな華宮にくしゃくしゃと髪をかき回され、自分からも頭を擦りつけた。

可愛《かわい》がられるのは素直に嬉しい。けれどいまの自分は出会った頃よりずっと欲が深くなっていて、華宮にとって唯一無二の存在になりたいと思っている。

「片付けは明日やる。歯を磨いて、寝よう」

「ん……」

彼にもたれかかりながら立ち上がり、サニタリールームでなんとか歯を磨いてうがいをする。

それからベッドルームに連れ込まれ、もたもたと服を脱ぐとパジャマを渡された。

「私のものでよかったら着てくれ。洗ってある」

ワッフル素材でできたパジャマはすこし大きめで暖かだ。

「ふかふかだ」

「だな。酔ってるきみは可愛いな」

楽しげな華宮と手を繋ぎ、ベッドに寝転がる。ふんわりとした羽毛布団をかけられ、いまにも眠りの世界に引きずり込まれそうだ。

世話をしなければいけないのはこちらなのに。

そう思うが、睡魔には抗えない。

この温もりから離れたくない。

「……すき……」

「うん？」

あなたが好きです。

そのひと言を言い終える前に、大きな手から伝わる温もりにこころから安堵《あんど》して、朝陽は瞼を閉じた。

6

「では、華宮《かみや》さんの快癒を祝して、カンパーイ！」

「乾杯」

皆木《みなぎ》の音頭で、華宮、桐谷《きりたに》、朝陽《あさひ》がビールグラスを掲げる。

「乾杯！」

「っはー、美味い！」

「皆木はなにを食べても美味いしか言いませんよね。貧乏舌なんですか」

「そんなことないよー。我らがボス、華宮さんがめでたく完治した嬉しさが勝って、今日のビールは特別。そういう桐谷さんだっていつもよりペース速いじゃん」

「……まあ、華宮さんが元気な姿を見せてくださったから」

ふたりともあっという間にグラスを空け、二杯目をお代わりする。

華宮が退院して一か月後の夜、六本木の洒落た焼肉屋で四人は個室のテーブルを囲んでいた。

皆木と桐谷が並び、朝陽は華宮の横に座る。

ビルの高層階にある焼肉屋からは東京《とうきょう》の夜景が一望できるというゴージャスさだ。

「華宮さんのお供じゃなかったら、こんな高級な焼肉屋さん来られません」

「俺も俺も」

「私はたまに華宮さんの打ち合わせついでに」

澄ました顔の桐谷は酒豪らしい。二杯目のビールも空け、日本酒に切り替えている。

「こうしてみんなで食事をするというのも初めてか？」

「ですね。野々原《ののはら》くん着任の際も、歓迎会ってとくにやらなかったし」

「いまさらだが、悪かったな。野々原くん。きみがアシスタントになった頃は猛烈に忙しかったんだ」

「そんな、気にしてません。それより、華宮さんのギプスが無事外れたことが嬉しいです。なんだかんだ言って退院一週間後には現場に戻ってましたもんね。ギプスしたままだとデザイン画を描くのも結構不自由だったでしょう。そのことが心配だったけど……治ってほんとうによかった。痛みはもうありません？」

「ああ、きみのおかげですっかり治ったよ」

「年明けには来年の秋冬コレクションお披露目が待ってますから、大車輪で頑張っていただかないと。お肉、たくさん食べてくださいね」

「ありがとう」

かいがいしく肉を焼く姿を、皆木と桐谷が微笑んで見守っていた。

「なーんかふたり、いい感じじゃないですか。華宮さん、あんなに厳しかったのに、なんで？」

「怪我をした際、だいぶ世話になったからな。風呂にも入れてもらった」

「へえ、私ですらそんなのしたことがありませんのに」

桐谷がめずらしそうな顔で赤身肉を頬張る。隣では皆木がサンチュでよく焼いたハラミをくるくる巻いて美味しそうに食べていた。彼も不思議そうに頷いている。

「華宮さんにそこまで近づけたひとって初めてじゃありません？　俺たちが食事を一緒にしてもらえるのも一年近くかかったのに」

「確かに。私も接待の場に同席させていただいたのは、アシスタントになってから一年を過ぎた頃でした。華宮さんにとって野々原さんは特別な存在ですか」

桐谷の声音に刺《とげ》はない。いつも冷静な彼にしては愉快そうだ。

「たった数日間だが、のんびり過ごした。もちろん怪我の痛みはあったけれど、あの事故がなかったら私はやすむということを忘れていたかもしれない。毎日デザインを生み出して、新しい情報に触れて、隙間をぬってひとと会って食事をして……たぶんまたそういう日々に戻っていくんだろうが強制的に動けなかった数日間、彼にはいろいろと世話になってひとりでは生きていけないものだなと実感したんだ」

「華宮さん……」

「ほんとうなんだ。入院していた三日間だけは、デザインからも世間の流行からもいったん離れた。なにも考えずにひたすら眠って、食事の時間だけはかろうじて起きて食べて、また眠る」

「お疲れだったんですよ、きっと」

いたわるように皆木が言う。

「華宮さん、俺たちがどんなに言ってもやすんでくれないし。いつか過労で倒れるんじゃないかってひやひやしてましたから。今回は不慮の事故でしたけど、やっぱりやすまないと」

「そうだな……しかし三日が限界だ。やはり風呂にも自由に入りたいし、酒も呑みたい」

「ほどほどに」

「そういう小言も新鮮だ」

釘を刺す桐谷に、華宮とそろって苦笑してしまう。

呑みたそうな顔をする華宮がおちょこを差し出し、桐谷が「すこしだけですよ」と言いながらきりりと冷やした日本酒を傾けた。

「……美味い。みんな、ありがとう。皆木も、桐谷も、野々原くんも、大事なアシスタントだ」

「へへ、照れちゃいますね。あらためて言われると……でも嬉しいです。華宮さん、怪我をきっかけにキャラ変わった感じ」

皆木と桐谷が頬をゆるめる。

「褒めていただけたのは初めてです。それもすべて野々原さんのおかげかな」

「いえ、僕はまだなにも……ほんとうになにもできてなくて。華宮さんの身の回りのお世話をしたぐらいです」

歯がゆい。皆木や桐谷が褒められるのは当然だろうが、まだまだ新人の自分などにもったいない言葉だ。

「僕にも、なにかできることがあればいいんですが」

「充分できてるよ。華宮さんの支えになってるみたいじゃん」

「それだけでは足りなくて。もっとこう、目に見える形で」

「いま、肉を焼いてるじゃないですか」

「だから、そういうことでもなくて」

混ぜっ返す先輩を上目遣いに睨み、網の上でじゅうじゅうと音を響かせる肉をひっくり返す。

「採寸モデルだってしたじゃないか」

「華宮さんまで。そうですけど、そうじゃなくて」

「じゃ、なんかやってみる？　実際に」

助け船を出してくれた皆木に、「ありますか？」と食いついた。

強い日本酒でほんのり目元を赤らめた皆木はジャケットを脱ぎ、ワイシャツの袖をまくって頬杖《ほおづえ》をつく。

「野々原くん、ほんとうは『ナイト・ギャルソン』のリアル店舗での販売を希望して入社したんでしたよね。だったら、年末のこの忙しい時期に、店頭に立ってみたら？　青山《あおやま》本店とか」

「僕が、店舗に？」

思いがけない提案に隣の華宮を見ると、まんざらでもない表情をしている。

「いいかもしれないな。ちょうどいま、リアル店舗は忙しい時期で人手が欲しい。一日店長になってみるか？」

「そんな、お手伝いできるだけでも嬉しいです。ほんとうにいいんですか？」

「私がいいと言うんだから構わない。――私も久しぶりに行ってみるか」

「ボスが現場に出たら大騒ぎになりますよ。そこはお忍びでお願いします」

「だめか、やっぱり」

残念そうな華宮に桐谷がお代わりの酒を注ぎ、「あなたは『ナイト・ギャルソン』のボスなんですから」と微笑みかける。

「身体をいたわって、素晴らしいデザインを一枚でも多く生み出してください」

「だったら、現場の野々原くんの世話は俺が見ますよ。桐谷さんに華宮さんを任せて。いいでしょ、ボス？」

「皆木はおねだり上手だな。わかった、そうしよう。野々原くん、皆木と一緒に現場に出てくるといい。『ナイト・ギャルソン』に訪れるお客様に接して、どんな言葉を交わしたか、私に教えてくれ」

「わかりました。頑張ります」

拳を作って意気込むと、皆木が「よし！」と杯を掲げた。

「野々原くん出陣に向けて乾杯！」

「乾杯！」

皆木や桐谷と一緒に、華宮も楽しげに笑っていた。

7

前日の夜は早めに眠ったせいか、午前五時頃には自然と目が覚めた。

手早くシャワーを浴び、頭をすっきりさせる。朝食はごはんにほうれん草と油揚の味噌汁《みそしる》、たまご焼きに納豆と和で攻めてみた。

今日はいよいよリアル店舗に立つ。昼食休憩はあるが、もしも接客中だったらと考えたら、朝はしっかり食べておいたほうがいい。

なにを着ようか、昨夜はほんとうに悩んだ。

やはり、『ナイト・ギャルソン』で決めたい。今シーズン、もっとも人気のあるオールブラックスーツにモノクロのストライプシャツに、エレガントなシャンパンゴールドのネクタイを合わせれば完璧だ。

ジャケットのウエストには両サイドに編み上げが施され、きゅっと締め上げることができる。このストイックさこそ、『ナイト・ギャルソン』の強みだ。

スラックスも細身に仕上がり、脚の長さを引き立てる。

革靴もぴかぴかにしておいた。これにボーナスで奮発した黒のカシミアコートを羽織ろう。

「これでよし」

玄関を出ようとすると、コートのポケットに入れておいたスマートフォンが振動する。取り出してみると、華宮《かみや》からのメールだ。

『おはよう。今日は店舗出勤の日だな。玄関を出たら深呼吸をして、大好きな店に向かう客の気持ちを想像するといい』

「お客様の気持ち……」

そういえば、そんな気持ち久しく忘れていた。

『オウリ』が擁する『ナイト・ギャルソン』のアシスタントになってから早七か月。その間、忙しさのあまり一度も店舗には行っていない。

以前は週に一度の頻度で店舗に行き、なにか新商品が入荷されていないかと目を皿のようにして見たものだ。

朝陽《あさひ》が通っていたのは新宿《しんじゅく》にある百貨店内の『ナイト・ギャルソン』だ。青山《あおやま》本店に顔見知りの店員はいない。

今日の朝陽の立場は、本社から出向してきた「店員見習い」だ。

現場で、皆木《みなぎ》と合流することになっている。

玄関の扉を開け、息を深く吸い込んだ。冬本番の凛《りん》とした冷たい空気が胸を満たす。

これから新しい服を買いに行く――そう胸に刻んだら、駅までの道のりも、電車に乗っている最中も、わくわくが止まらなかった。

きらきらした冬の陽射《ひざ》しが電車の窓から降り注いでいる。皆、もこもことしたダウンジャケットや暖かなコートに身を包み、寒い季節だけれどファッションを楽しむには最適の季節だ。

黄色と青のチェックのマフラーに顎を埋めている学生に、しゃっきりとしたコートを羽織るサラリーマン。今年はやりのファージャケットに身を包んだ女性に、シックなロングコートをまとった女性もいる。

いろんなひとのいろんなファッションを見るのがあらためて楽しかった。

――それ、どこで購入したんですか？　買ってから、もうどのぐらい？　どこが気に入って買ったんですか？

叶《かな》うならばひとりひとりに聞いてみたい。それだけ、服や小物たちに興味があるのだ。着られればほんとうになんでもいい。そんなふうに答えるひともいるだろうけれど、やはり好みはそれぞれあるだろう。好きな色、好きな素材、好きな形はひとの数だけ違う。

人間観察をしていたらあっという間に青山一丁目駅に着き、大勢のひとと一緒にホームに降りる。階段を使って地上に出れば、斜め前に『ナイト・ギャルソン』本店がある。

シックなシルバーの外装に、黒枠のついた大きな窓が特徴だ。

「おはようございます」

朝の九時、店の扉を押し開けると、いっせいに「おはようございます」と返ってくる。今日出勤しているのは全部で四人。そこに朝陽と皆木が加わる。

「本日お世話になります、野々原《ののはら》朝陽です。よろしくお願いします」

「店長の岩波《いわなみ》です。こちらこそ、よろしくお願いします。野々原さん、華宮デザイナーのアシスタントさんなんですよね」

三十代と思われる店長の岩波がにこやかに笑う。

「ご存じでしたか」

「皆木さんから連絡があって。『新人のアシスタントが店頭に立ちたいって言うからよろしく』とのことでしたから」

「そうです、よろしくお願いいたします！」

割って入ってきたのは、明るい皆木の声だ。

「おはようございます。すこし遅れました？　すみません」

グレイのコートを羽織った皆木が髪を乱しながら駆け込んでくる。彼も『ナイト・ギャルソン』のアイテムでまとめてきたようだ。コートの中は艶のある黒のスーツを着込んでいる。ネクタイはパールシルバー。皆木の洒脱《しゃだつ》な雰囲気によく似合っている。

「いまちょうど挨拶をしていたところですよ。皆木さん、野々原さん、今日は僕の代わりに一日店長してみますか?」

「いえいえ、とんでもない。もう一スタッフとしてばりばり働きますから、こき使ってください。ね、野々原くん」

「はい。『ナイト・ギャルソン』の店頭に立つのは僕の夢のひとつでもあったので、とても嬉《うれ》しいです。どんなことでもやりますから。頑張ります」

「わかりました。それじゃ、皆木さんには商品チェックを、野々原さんには店内清掃をお願いできますか」

「わかりました」

ふたりしてコートを脱ぎ、スタッフルームに鞄《かばん》と一緒に置いて、店内に戻る。

清掃は前の晩にも軽くやっているが、朝のほうが本番だ。

他の男性スタッフと一緒に、朝陽はシャツやニットが畳まれて載る棚を丁寧に拭き始めた。黒い棚なので、埃《ほこり》が目立ちやすい。奥の角まできちんと磨き、布を替え、隣にある大型の姿見を拭う。

客が気に入った服を身体《からだ》にあててのぞき込む最初の瞬間に、鏡に曇りがあったらがっかりするだろう。だから執拗《しつよう》とも言えるほどに念を入れて磨いた。

「野々原さん、モップで床拭きお願いできますか?」

「もちろんです」

自分と同じぐらいの年に見える男性スタッフからモップを受け取り、広い店内の隅から隅まで清めていく。その熱心さにスタッフも嬉しかったらしい。

「店舗に来たかったのってほんとうなんですね。すごく丁寧です」

「どんなお客様が来てくださるんだろうって、今日ここに来るまでずっとそわそわしてました」

「わかります、わかります。僕は今年『オウリ』入社で、すぐに『ナイト・ギャルソン』のここに配置されたんですけど、いまでも毎日どきどきします。一昨日ニットを迷って結局買わずに帰られたお客様がまた来てくださったらいいなとか、一か月前にカタログで今冬の新作コートを気にされていたお客様が今日こそ来てくださったらいいなとか」

「毎日わくわくそわそわの連続ですね。新規のお客様も結構いらっしゃいますか？」

「一日に四、五人ほどですね。いまはコートなんかの大物が強い時期ですから、皆さんいろんなお店をめぐっているみたいです。あとは顧客様がお立ち寄りになってくれます。とくにお買い上げにならなくても、新作を見にいらしたり、ちょっとした世間話をしたり」

「そういうの、憧れます」

「僕こそ、野々原さんに憧れますよ。あの華宮デザイナーのそばにいらっしゃるんでしょう？どんな方ですか、華宮デザイナー」

「厳しい方ですが、仕事に真摯で、ときどきとてもやさしいです」

「へえ、いいなあ。一度お会いしてみたい。店に来てくださったら一緒に写真撮らせていただくのに」

「ふふ、僕でも撮ったことないです。なんか恐れ多くて」

男性スタッフも憧れる華宮と肌を重ねたこともあるのに、そういえば写真は一枚も撮っていない。そもそも、想《おも》いの在り方を確かめたことがない。

——僕はあのひとが好きだけど、華宮さんは僕をいったいどう思ってるんだろう。からかって楽しいセフレのままなんだろうか。

それではさすがに自分が可哀想《かわいそう》だ。どこかで勇気を出し、思いの丈を打ち明けて潔く玉砕するのだってありかもしれない。

人形のように易々《やすやす》と抱かれるのは寂しいものだ。自分にとって、初めての行為はほんとうにこころから好きになったひとと交わしたい。

こんな想いを、華宮はすこしでも気づいているだろうか。

彼のことを考えると悶々《もんもん》として掃除の手が止まってしまうから、努めて意識を店内に向ける。

皆木がストックルームから大量の商品を抱えてきて、検品をしていた。一枚一枚の商品に欠損がないかどうかチェックしているのだ。

すべてを検品し終えると、ハンガーに掛けていく。

『ナイト・ギャルソン』では、毎週土曜日に新商品を店に出す。

週末ならば、平日仕事のひとでも店に来やすい。

そこを見込んでの新商品入荷だ。

外の通りを歩くひとからも見えるマネキンに、店長と皆木が新商品を着せていく。最高級のダウンを使ったジャケットの隣には、タイトなシルエットのコートを。

どちらも二十万以上するものだが、上質の素材を使っているし、なにより華宮がこだわりにこだわったデザインだ。

自信を持って売り出したい。ひとりでも多くの客に、華宮の服のよさが伝わってほしい。

気のすむまで店を掃除し、開店時間をこころ待ちにした。

時刻は十一時。

十分を過ぎたあたりで、ひとりの若い男性客がやってきた。

「いらっしゃいませ、佐藤《さとう》様」

店長が笑顔で近づいていく。どうやら顧客のようだ。

「気にされていたニット、今日入荷しましたよ」

「ほんとうですか？　見たいです」

「ぜひぜひ。一番乗りですから、全カラー見ていただけます」

嬉しそうに棚に並ぶニットに触れる男性客の横顔を、離れた場所からちらちらと窺《うかが》いながら、朝陽はラックに掛かったスーツたちをそろえる。

「これ、やっぱりいいなあ。『ナイト・ギャルソン』らしい漆黒の闇って感じ。ダメージ加工がされてるんですね」

「はい。首回り、袖口、裾をわざとほつれさせて、退廃的なイメージを打ち出しています。佐藤様ならやはり最初に気に入ってくださったブラックがお似合いになるかと」

ホワイト、グレイ、ブラックの三色がそろったニットを広げ、じっくりと一枚ずつ身体にあてて考え込んでいた客は、「うん」とひとつ頷《うなず》き、ブラックのニットを差し出してくる。

「これ、いただきます」

「ありがとうございます」

店長が深々と頭を下げ、「いま、商品をお包みしますね」と言う。

「皆木さん、お願いしてもいいですか。僕が会計しますので」

「お任せください。……野々原くん、よく見ててね」

「はい」

皆木は白いやわらかな包装紙を広げ、中央にニットを置いて畳んでいく。それから包装紙を折り曲げ、テープで留め、黒い肩紐のついたショッパーに入れればできあがりだ。

「お待たせしました、佐藤様」

「ありがとうございます」

店長とあれこれよもやま話で盛り上がっていた客が笑顔で振り返り、ショッパーを肩に提げる。

「じゃ、今度はコートを見に来ますね」

「お待ちしております。お仕事、頑張ってくださいね」

「ありがとうございました」

朝陽をはじめ、スタッフ一同お辞儀をし、客を見送る。

姿が見えなくなってから、店長が笑顔を見せた。

「幸先がいいな。佐藤様、秋冬物のカタログが出たときからあのニットを気にされていたから」

「実際に商品が売れていくところ、久々に見ました……感激です」

偽りのない声で朝陽が呟《つぶや》くと、「ね」と皆木が微笑《ほほえ》む。

「俺も久しぶりに店頭に立ったけど、やっぱりお客様がじかに商品に触れて、お買い上げになる場面は何度体験してもいいものだよ。ぞくぞくしちゃう」

「確かに」

くすっと笑い、機会があったら自分も客に声をかけてみたいなと思う。

誰か、ふらりとやってきてくれないだろうか。店長でも他のスタッフのでもない、フリーの客が。

店舗に立ってみて、ひとつわかったことがある。

待ちの時間が意外と長いものなのだ。

途切れなく客がやってくるカフェやレストランとは違い、服飾を扱う店は客が来てくれるのをじっと待つほかない。

取り置きの商品があれば向こうも積極的に来てくれるだろうが、『なにかいい一枚を見つけたい』という客がこの店の扉を開けてくれるのはほんとうに奇跡だ。

ただひたすら、客が来るのをじっと待つ。確信でも、気まぐれでもいい。店の扉を開けて一歩中に入ってさえくれれば。

棚を整え、バックヤードにある商品と入れ替えたりして待つこと二時間近く。数名の客が訪れたが、皆、店長やスタッフたちの顧客だ。

「野々原さん、皆木さん、お昼休憩入っていいですよ」

「お、本当ですか？　じゃ、野々原くん、外に食べに行こうか。近くに美味《おい》しいパスタを出す店があるんだ」

「お供します」

皆木と一緒に財布とスマートフォンだけ持ち、店の裏口から外に出た。歩いて三分ほどのところにあるイタリアンレストランはランチタイム中らしく、賑《にぎ》わっている。

皆木はボロネーゼのパスタセットを、朝陽はきのこの和風パスタセットを注文した。すぐにサラダが運ばれてきて、ミニトマトを頬張りながらひと息つく。

「どう、リアル店舗に立ってみて」

「もう、びっくりの連続です。いつお客様がいらっしゃるか読めないし、いざいらしたらどう接すればいいか慌てるし。店長やスタッフの皆さん、すごいですね。さりげなくそっと近づいてお声がけして、商品を勧める……午後は僕も接客できればいいんですが」

「できるできる、大丈夫。なんでも経験だよ。俺はたまに現場リサーチってことで店舗に立たせてもらうことがあるけど、だいぶ度胸がついた。桐谷《きりたに》さんなんか俺よりもっとすごいよ。店に出た途端、その日の売上ナンバーワンになったこともあるぐらいなんだから」

「すごい。桐谷さんとはもう長いことコンビなんですか？」

「入社四年目の俺より三年先輩。二十九歳だったよな、確か。お互い、華宮さんのアシスタント希望で入って一発オーケーだったんだけど、何度も衝突してきたよ。野々原くんから見てもわかるとおり、俺たち、正反対だからね。俺は猪突猛進だし、桐谷さんは慎重派。四年やってきた間にアシスタントも結構入れ替わったなあ。ボスが厳しいひとだからね、ついていけない子が多くてすぐ辞めちゃう。そこへ行くと野々原くんはよく頑張ってる。偉いよ」

「恐縮です。すこしでもお役に立てていればいいんですが」

「きみが来てからさ」

湯気の立つパスタがふたりの前に置かれる。器用にくるくるとフォークでパスタを巻いて口に運ぶ皆木が顔をほころばせた。

「華宮さん、変わったよ」

「いいほうに、ですか？　それとも悪いほうに……」

「もちろん、いいほうだよ。前は仕事の鬼で取っつきにくいオーラがめちゃめちゃ出てて、アシスタントの俺たちですら声をかけるのをためらうことが多かったけど。最近はちょくちょく話しかけてくれるし、ねぎらってもくれる。なんでだろ？　やっぱりきみが特別だからかな」

「そんな……ことはないと思うんですが」

不意に華宮と交わした不埒《ふらち》な熱を思い出し、頬が火照る。

「怪我《けが》したのが大きなきっかけだったよね。あれでボスもやすむことの大切さを知ったんだと思う。以前は誰よりも遅くまで仕事していて、誰よりも早くオフィスに来るひとだったけど、入院したのを機に、人間、誰しも一度は止《と》まることの重要さを知ったんだと思うよ」

「止まる重要さ、ですか。華宮さんほどの方だったら、走り続けていかないと怖いと思う気がするんですが」

「俺だって野々原くんだって、ボスだって元を正せばひとりの人間だよ。こんなふうに他愛ないお喋《しゃべ》りをしながら食事する時間だって大切だし、寝る時間はもっと大切。睡眠は人間が一番リラックスできるし、脳内の記憶を整理する時間でもあるからね。野々原くん、ちゃんと眠れてる？」

「僕は枕に頭をつけたら三分ですやすや寝ちゃいます」

「桐谷さんに聞かせてやりたいね。あのひと、神経質だから、入眠まで一時間はかかるってよくぶつくさ言ってる。最近、ピローミストに凝ってるって言ってたから、ラベンダーのミストでも差し入れしてやろうかな」

「いいですね。桐谷さん、きっと喜びます」

「『こんなの私の柄じゃない』とか速攻突っ返されたりして」

可笑《おか》しそうに笑ってパスタを食べ終えた皆木が満足そうに腹を撫《な》でる。

その様子を見て、朝陽も急いで食事を終える。

食後にはティラミスとコーヒーが運ばれてきた。

ほろ苦い甘さのあるティラミスに深みのあるコーヒーの取り合わせが美味しい。

「ベストコンビですよね、皆木さんと桐谷さんって。僕はまだまだおふたりに追いつけていませんけど、日々勉強させていただいてます」

「真面目だなあ、野々原くんは。その真面目さに惹《ひ》かれるお客様がいらっしゃるといいね」

「はい」

深く頷《うなず》き、コーヒーを飲み干す。

朝陽がデザートを食べ終えたのを見届けると、皆木が伝票を持って立ち上がった。

「ここは俺の奢《おご》り。野々原くん店舗デビュー記念にね」

「申し訳ないです、出します」

「いいのいいの、たまには先輩面させてよ。午後もめいっぱい仕事してもらうつもりだし」

「すみません……ありがとうございます。じゃ、ごちそうになりますね」

「はーい」

会計を終え、再び店に戻る。

今度は男性スタッフたちが昼食を取る番だ。「ごゆっくりどうぞ」と送り出し、朝陽は店に残る店長に聞いてみた。

「岩波店長はいつ昼食を取るんですか」

「僕は一番最後。午後三時か四時頃かな、いつも」

「大変ですね。お客様がいらしたらなかなか休憩も取れないでしょう」

「そうなんだよね。トイレも我慢。でも、ここに勤めだしてもう五年目だから、身体が慣れちゃった。野々原くんはどう？　疲れてませんか？」

「大丈夫です。皆木さんお勧めの美味しいパスタを食べて元気出ました」

「あ、あそこの。僕もあとで行こうっと。——いらっしゃいませ」

レジカウンター内で小声で喋っているところへ、ひとりの男性客がふらりと入ってきた。

キャップにパーカ、モッズコート、ジーンズとラフな中肉中背の男性は五十代ぐらいだろうか。『ナイト・ギャルソン』にはめずらしいタイプの客だ。

「野々原くん、行っておいで。接客接客」

「僕で大丈夫ですか」

「どんなことでも経験だよ。冷やかしかもしれないけど、接客できるチャンスだ」

背中をぽんと叩《たた》かれ、フロアに歩み出た。

男性は興味深そうに店内を見回し、ラックに掛かっているコートをえり分けている。スーツもひととおり見て、棚へと移った。

単なるウィンドウショッピングだろうか。

だったらあまり強引に声をかけないほうがいいだろうが、男性がもう一度コートのラックに戻り、新作のダウンジャケットを手に取ったところで腹が決まった。

「そのジャケット、今朝入荷したばかりなんですよ。最高級のダウンを使っているので、とても軽くて暖かいんです」

「そうなんですね。確かに軽そうだ」

男性はめずらしそうな顔でハンガーにかかったジャケットをくるりと回す。

彼はなにを欲しがっているのだろう。足元は履き古したコンバースだ。カジュアル一直線の男性がなにを求めて、『ナイト・ギャルソン』の扉を開けたのか。

失礼にならない程度に男性を観察する。五十代とあたりをつけたが、もうすこし若いかもしれない。肌に張りがあるのだ。髭《ひげ》も綺麗《きれい》に剃《そ》り上げているし、よく見ればどのアイテムも大切に長年着込んできたことが窺える。モッズコートの襟先はわずかに色抜けし、肘や袖口のあたりもすこしくたびれている。それでも不潔な印象がまるでないのは、男性が愛着を持って服たちをメンテナンスしているからだろう。

年季の入ってきたモッズコートの替わりでも探しているのか。

襟元やジッパー部分を確かめている男性に、さりげなく声をかけた。

「もしよかったら、試着されてみますか？」

内心どきどきしながら誘ってみた。

「いいんですか？　じゃあ、一応」

男性は笑顔で頷きながらモッズコートを脱ぐ。

ダウンジャケットを広げ、彼の背後に立つ。

これが夢だった。お客様に服を羽織ってもらう瞬間をずっと夢見ていたのだ。

袖を通したダウンジャケットに、男性客が顔をほころばせる。

「ほんとだ、軽いね。それにすごく暖かい」

「マット加工された黒がお客様によく似合います。ダウンジャケットと言ってもデザイン自体はわりとタイトめにできているので、着ぶくれして見えません」

「うんうん。いいね」

男性は鏡の前でくるりとひと回りし、満足そうに襟を立てている。

「フードは取り外しできますので、気分次第で外しても、つけても。ハイカラーになっていますから、フードがなくても首元は暖かいですよ。普段、外に出る機会は多いほうですか？」

「うーん、どうだろう。半々ってところかな。一日中部屋にこもっている日もあれば、逆に外で寒風にさらされる日もある。極端なんだよね」

「なるほど……でしたら、このダウンジャケットはとくにおすすめいたします。撥水加工《はっすい》もされていますので、多少の雨なら弾《はじ》きます。これからの時期、外に出かけていく際にはうってつけの一枚ですよ。お仕事の場面で着られる前提ですか？」

「そうだね。いい値段だから、仕事でどんどん着たい。さっき着ていたモッズコートもだいぶ活躍してもらったんだけど、そろそろくたびれてきたから買い替えようかなと思ってたんだ」

男性はフードをかぶったり脱いだり、ジッパーの前を開けたり閉じたりし、大きな鏡の前でフィット感を確かめている。見たところ、百七十五センチ程度の身長だ。モッズコートを脱いだ身体は意外と引き締まっていて、ダウンジャケットを羽織っても野暮ったくならない。

「ダウンジャケットってカジュアルな印象が強くなるけど、これは違うね。ストイックな雰囲気だ」

「とてもお似合いです」

彼の背後に立ち、鏡の中の男性に向かって微笑む。お世辞でもなんでもない。穏やかそうに見えて理知的な印象のする眼鏡をかけた男性に、モード最先端のダウンジャケットはしっくりはまっていた。

「これが艶ありの生地だったらまた印象が違ったかもしれませんが、マットな生地ですので、お客様の落ち着いた雰囲気にぴったりです。なんだか、お客様のためにあつらえられたような一着ですね」

「はは、お世辞だとわかっていてもそこまで言われると嬉しいな」

男性客ははにかみながら髪を指ですき、鏡の前でポーズを取る。まんざらでもないようだ。

「我が『ナイト・ギャルソン』は男性の身体を一番美しく見せることにこだわっております。シャツ一枚取っても、スラックスにしても、スーツにしても。お客様にも似合うスーツがかならずあります」

「かならず？」

男性客の目がかちりと強く光る。

「はい、かならず。『ナイト・ギャルソン』デザイナーが精魂傾けて創った服ばかりです。自信を持ってお勧めいたします」

「なら、買おう」

「え？」

「これ、買います」

朝陽の言葉に対して即断即決の男性客に慌てふためいてしまうのが情けない。

冗談かと思ったのだ。

しかし男性客はダウンジャケットを脱いで朝陽に手渡し、モッズコートを着たあと、ボディバッグから財布を取り出す。それから店内をぐるりと見渡し、微笑みながら言った。

「前から気になっていたブランドなんだが、どのアイテムもいいね。店員さん、お名前は？」

「失礼しました、野々原と申します」

「じゃあ、野々原さんにこれから課題を出します。ギャンブラーに似合うコーディネイトを十着、ここにあるアイテムで組んでみてくれるかい？」

「……はい？」

突飛な申し出に目を剝《む》いた。

「ここに出ている商品すべての魅力を総動員してやってみてくれないか。悪い話ではないから」

楽しげにウインクする男性の身元がにわかに気になる。

どこかで見た覚えがある気がしたのだが勘違いだろうか。

「たとえば、こう考えてみるのはどうだろう。この店のスタッフルームの扉を開いたら、じつは世界中の名だたる富豪が集まる秘密クラブがある。そこでは非合法のギャンブルが堂々と繰り広げられているんだ。集まるのはスリルを楽しむ富豪だけじゃない。一攫《いっかく》千金を夢見てもぐり込む素性の怪しい者もいる、大金に群がるキャラクターを十人想像して、コーディネイトしてみてくれないか？」

初めて接した客から思いがけない頼みごとをされて、腕が鳴る。その昔、新宿の店舗でたくさんの服を着せてくれた店員の対応がよみがえった。

自分もあんなふうになれたら。

『ナイト・ギャルソン』のアイテムを使ってギャンブラーに似合う十着を作る。

「……わかりました。やってみます」

だてに高校生の頃から『ナイト・ギャルソン』に惚《ほ》れ込んできたわけではないのだ。店内中のアイテムを使って、絶対に満足いくコーディネイトを作り出してみせる。

ジャケットを脱ぎ、ワイシャツ姿になる。カウンター内にいるスタッフと皆木が目を丸くしていた。なにが始まったのだという顔をしていた。

「ここにあるのはメンズだけですが、大丈夫ですか？」

「ほんとうならレディース物も用意してほしいところだけど、『ナイト・ギャルソン』はメンズブランドだからね。無理のない範囲でいいよ」

「では、まずスーツからですね」

色艶、素材、型違いのスーツを十着選び、空のラックに掛けていく。

次にシャツ。これも頭を悩ませた。きりりと襟元のカットが美しい黒いシャツと、てろんとした手触りが楽しいシャツとではまったく印象が異なる。

「ギャンブラーにもきっと格上、格下がありますよね。格上ならかっちりとした艶消しスーツに襟のデザインが独特なこの白シャツ。ネクタイはすこし派手目にシャンパンゴールドといきましょう」

「おお、いいね。そんな感じそんな感じ」

「シルクのチーフも足しましょう。品格が上がります」

織りの凝ったチーフの形を整え、ジャケットの胸ポケットに挿す。大企業の社長を想像して組んでみたコーディネイトだ。表では真面目に仕事をこなしているが、夜になると顔が変わる。一枚のコインが山と積まれるスリルを求めて、秘密クラブの扉をこっそりと開けるのだ。そんな男だったら、几帳面《きちょうめん》さと度胸のよさを表現したい。

「次は、格下。これはもう思いきりド派手に行きましょう。ブラックサテンにグレイの幾何学模様がプリントされたシャツに、光沢のある細身のレザーパンツ。サイドの編み上げが特徴的なんです。シャツの襟元はわざと開けて、思いきり色気を出す感じで。ダウンジャケットはわざと肩を落として羽織っていただきます」

小金を大金に変える夢を見て、ツテを辿《たど》りに辿って秘密クラブに行き着いた若い男を思い浮かべた。長身だがすこし猫背で、粗野ではあるものの、ひとを惑わす色気があるといい。

「いいねえ、チンピラが成り上がりたいって気がむんむんだ。次は？　次は？」

男性がわくわくした様子でのぞき込んでくる。

三着目、四着目、五着目、六着目と順調に進んでいって、最後の十着目で迷った。脳内にひとりひとり個性的なギャンブラーを思い描いたのだが、最後のひとりがなかなか決まらない。

残ったスーツは一着。一番スタンダードなデザインだ。上質なウールで織られたブラックスーツにホワイトのシャツを合わせ、チャコールグレイのネクタイを合わせる。しかし、なにかが足りない。なんだろう、どんなアイテムがあれば完成なのか。

「ラストが決まらない？」

「そう、ですね……」

「頭の中に人物イメージはある？」

「……一応。ギャンブルに興味があるごく普通のサラリーマンというところまでは浮かんでいるんですけど、なにか足りない気がして……」

すると、男性が朝陽の手元に視線を落とし、「それなんかいいんじゃないかな」と指さす。

彼が指しているのは、カフスだ。ネクタイに合わせ、控えめなゴールドのカフスは他ブランドの物だ。

「ちょっとそれ外してみて。で、これを合わせてみてくれないか」

「はい」

言われたとおり、両手首のカフスを外し、コーディネイトに組み込む。それだけで無難だったスーツにひと匙《さじ》の危うさが加わった。

「いいじゃないか、これだよこれ。こういう小物も大事だよ」

「です、ね。確かにそうですね」

「『ナイト・ギャルソン』ではこういった小物は作ってないのかな？」

「はい、いまはまだ」

「作ったらいいのに。カフスやバッグ、ストールといった小物でファッションのセンスはぐっと上がる。なんて、カジュアルな僕が言えたことではないんだけどね。それで聞いてみたいんだけど、この最後のコーディネイトはどんな人物を想像したんだい？」

「お恥ずかしながら、僕自身です。賭け事には無縁ですけど、やっぱり煌《きら》めく世界には興味があって。もし、秘密の賭博場へのチケットをもらったりしたら、ふらっと行ってしまいそうだなと。だけどそこにいるのはハイクラスのひとびとばかりで、普通極まりない僕は浮いている……そんなイメージでした」

「でも、そこにこのゴールドのカフスがあれば一気に艶めく。もしかしたら、その夜の王者になるのはきみかもしれない」

いたずらっぽく笑った男性は満足そうに腰に両手を当て、胸を反らす。

「合格だ。このコーディネイトを全種買おう」

「え？」

「いまきみが組んでくれたコーディネイトを全部買いたい。もちろん、さっきのダウンジャケットもね」

「あ、の……本気……ですか」

「本気だとも」

男性は可笑しそうに目尻に皺《しわ》を刻ませながら笑う。それから、一枚のクレジットカードを差し出してきた。受け取るとずしりと重たい。

チタンでできたクレジットカードだ。超富裕層だけが持てるカードに内心おののきながら、いったい何者なんだろうと好奇心が湧き上がってくる。

柔和な面差しの男性客は絶対にどこかで見たことがあるはずだ。どこで見たのだろう。雑誌か、テレビか。

カードに視線を落とすと、「KAZUAKI　WADA」と印字されており、――あ、と息を呑《の》んだ。

昨年、カリフォルニア国際映画賞の監督賞を受賞し、一躍脚光を浴びた映画監督だ。話題になっていた作品だけに、朝陽も映画館で観《み》たことがある。

「映画監督の……和田一章《わだかずあき》さんですか。ご挨拶が遅れて申し訳ございません」

「かしこまらないで。僕の顔を知ってくれているだけでも光栄だよ。で、この商品全部買える？」

「もちろんです。失礼があってはいけないので、いま、店長を呼んで参りますね。こちらのソファにどうぞ」

窓際のソファに案内し、急いでバックヤードへと入る。

確か、店長は在庫の検品中だ。

しかし、そこでも朝陽は思わず「あ」と声を上げた。

店長と華宮がいる。華宮は朝陽を見て、気恥ずかしそうな顔をした。

「すまない。店舗に送り出した手前、心配になってしまって。ちょっと様子を見に来たんだ」

「ちょうどよかったです。華宮さん、店長、映画監督の和田一章さんがご来店されてます」

「和田監督が?」

「ほんとうに?」

「ほんとうです。いまさっき僕が組んだ十コーデの服すべてをご購入したいとのことです」

「こりゃ大事《おおごと》だ。ご挨拶しないと。華宮デザイナーもご一緒に」

「わかった」

スーツの襟を正した華宮が振り返り、「野々原くん、お茶の用意をしてくれるか」と言う。

「すぐに」

特別な顧客が来店した際、飲み物を提供することがあるのだ。スタッフルームに駆け込んで、コーヒーを用意する。念のために砂糖とミルクも用意した。

トレイにカップを載せて店内に戻れば、タイミングよく華宮と店長が和田に挨拶していると
ころだった。
「お初にお目にかかります。『ナイト・ギャルソン』のデザインを担当しております、華宮英《えい》
慈《じ》と申します」
「初めまして。映画監督の和田です。いや、前からここの服には興味があったんだ。僕みたい
なおじさんでも着られるかなと思って勇気を出して飛び込んでみたら、若々しい店員さんが親
切に案内してくださった。——あ、先ほどはどうもありがとう。野々原さん」
和田はコーヒーを運んできた朝陽に目を留めると、相好を崩す。
「熱いのでお気をつけください」
監督の手元にコーヒーを置く。それから、しずしずと華宮たちの背後に控えた。
「和田監督の御作品、拝見しました。妻を病気で亡くした夫が娘とふたりで車に乗ってどこま
でも遠くへと行くという内容、ひたひたと胸に迫るものがありました。あらためて、監督賞お
めでとうございます」
「ありがとう。とは言っても僕だけの成功ではないから。脚本にも俳優陣にも恵まれた作品だ
ったからね。受賞が決まった夜はみんなで大騒ぎしたよ」
「そうでしたか」
華宮も店長も、気さくな人柄の和田に口元をほころばせている。

「で、すこし早いんだけど……次回作の構想を練っているところなんだ。次に撮りたいのは一攫千金を狙うギャンブルの世界なんだ。有象無象が集って一千億の賞金を手にするために豪華客船に乗り込む——そういう話にしたとき、どんなファッションが俳優陣に似合うだろうといろいろ調べて、華宮さん、あなたの『ナイト・ギャルソン』に行き当たったんだ」

「私の服、ですか」

「そう。いまどき、こんなにもファッショナブルな服はめずらしい。硬質で、でも男の色気が滲《にじ》み出すような服が満載だ。日をあらためてオファーするつもりだったんだが、どうだろう。僕の次回作の衣装デザインを担当してくれないだろうか」

「は……」

突然の展開に、華宮も店長も、そして朝陽も度肝を抜かれていた。

ドッキリなのではないかと疑ってしまうほどだ。

「……私などでよろしいのでしょうか」

「きみがいい。きみの服がいい。ここにあるのはメンズだけだが、こんなにエッジの効いた服なら女性だって着たいはずだ。映画やドラマといった映像への衣装提供をした経験は?」

「過去にテレビドラマで何度か。ですが私の創る服は細身で着るひとを選びます。癖も強いので、和田監督の御作品に合うかどうか」

「そこがいいんじゃないか。きみのストイックで悪魔的な服と、僕の次回作のギャンブルを舞台にした世界観はいい化学反応をもたらす。絶対にね」

「ありがたいお話です。すこしばかりお時間をいただけますか。来年の秋冬コレクションも控えていますので」

「うん、ぜひぜひ。僕のほうは早くても来年以降の作業だからゆっくり考えてほしい。いい返事を期待しています」

華宮と店長、和田は名刺を交換し、笑みを浮かべている。思わぬ申し出に、華宮がいささか緊張しているのが朝陽にも伝わってきた。

あの華宮でも気を張り詰めることがあるのか。

それはそうに違いない。相手は世界に名を知らしめた新進気鋭の映画監督だ。その新作の衣装デザインを任せたいと言われたら、アシスタントの自分でも武者震いがしてくる。

「とりあえず、参考用にこのコーデ全部を買いたいんだ」

「かしこまりました。すべてご要望どおりにいたします。配送手続きをいたしますね。この名刺にある事務所にお送りすればよろしいでしょうか」

「そうしてください。あ、さっきのダウンジャケットは持って帰るよ。僕の初めての『ナイト・ギャルソン』だ。記念にします」

「ありがとうございます」

華宮の背後で、朝陽も頭を下げた。

「せっかくだから、羽織って帰ろうかな」

「でしたら、値札を切りますね。いま着てらっしゃるモッズコートをショッパーにお入れします」

「新しい服を着るときのわくわくする気分って、ライトが落ちてスクリーンが明るくなる映画とよく似ているよね。これからどんなドラマが始まるんだろうってそわそわして、胸が弾む。僕みたいな年でも『ナイト・ギャルソン』を着られて嬉しいです」

「光栄です」

華宮みずからダウンジャケットを和田に着せてやる。

ゆったりした腕回りや軽い感触を何度も確かめ、和田はそれまで着ていたモッズコートを詰めたショッパーを肩に提げ、「じゃあ、また」と笑顔で去っていった。

「ありがとうございました」

店の外まで全員で見送り、深々とお辞儀する。

和田が通りの角を曲がり、姿が見えなくなったところでみんな店内に戻った。

「……すごい、すごいですね！　あの和田監督からのオファーですよ！」

「『ナイト・ギャルソン』シネマデビューです！」

店長とともにわっと声を上げると、華宮は破顔一笑し、「そうだな」と声を上擦らせる。

「まさかこんな話が来るとは思わなかった……いままでやってきたことは間違いじゃなかった

んだ」

「おめでとうございます、華宮さん！　もちろん衣装デザインの話、受けますよね？」

「ああ、やりたい」

　華宮が強く頷く。その頬はわずかに紅潮しており、彼も興奮しているようだ。

「ただ、河合《かわい》社長がなんと言うか。デザインの方向性を変えろと言われていたんだが」

「大丈夫ですよ。いままでの華宮さんの積み重ねがあったからこその和田監督のオファーですよ。『ナイト・ギャルソン』だからこそ成し遂げられる仕事があるんです。絶対に河合社長も承諾してくれます。いまのままでいいって」

「野々原くん……そうだな。それに、セカンドラインも立ててみたい。きみの十着目のコーディネイトを見て、やはり小物の重要性を感じたんだ。スーツやコートに手を出す前に、『ナイト・ギャルソン』のテイストを落とし込んだカフスやストール、バッグなんかを提案してみたい」

　しっかりした声音の華宮が、「ありがとう、野々原くん」と言う。

「迷っている場合じゃないな。ひとまず、私はオフィスに戻って諸々《もろもろ》のことを河合社長に相談してみる。野々原くんたちは商品を和田さんの事務所に送る手配をしてくれるか」

「かしこまりました」

「それと野々原くん、業務が終わったら、私のマンションに寄ってくれ。すこし話したいことがある」

「はい」

「それじゃ」

颯爽《さっそう》と華宮が裏口から出ていくなり、店内中はてんてこ舞いだった。朝陽が組んだコーディネイトを丁寧に梱包《こんぽう》し、段ボールに詰めていく。

それからバックヤードにある在庫を店頭にあらためて出し、やってくる客を出迎えた。

「お疲れー。めまぐるしい一日だったね。無事に終わってよかったよ。今日のトピックはなんと言っても……」

「和田監督、ですね」

二十時になり、閉店準備をしている最中に皆木が「めっちゃ興奮した！」と笑いかけてきた。

「スタッフルームからこっそり様子をのぞいてたんだ。俺もあの監督のファンだからめちゃくちゃ嬉しいよ。華宮さんなんかもっと大ファン。昨年、賞を取る前から和田監督の作品をチェックしていたぐらいだからね」

「だったらほんとうに嬉しいですね」

「今夜は祝杯かな？　酔い潰れないようにね」

「明日はオフだから大丈夫です」

うきうきした声で答え、クローズした店の裏口から出た朝陽は、店長とスタッフたちに頭を下げ、「一日お世話になりました」と微笑んだ。

「こちらこそ。野々原さんが丁寧に、新鮮に接客したからこそのビッグニュースだよ。きみはまるでシンデレラだ」

「確かに。さしずめ、和田監督はガラスの靴を持ってきた王子様ってところですかね？」

「今夜はパーッと呑もう。皆木くん、来るかい？」

「行きます行きます。野々原くん、華宮さんによろしくね」

「了解です。泥酔しないよう気をつけます」

笑い崩れる仲間たちと言葉を交わしてから別れ、駅に向かってひとり歩いていく。

まだ胸の真ん中が熱い。

夢を見ているみたいだ。『ナイト・ギャルソン』がシネマデビューを果たす。しかもセカンドラインまで立てる——華宮の美意識が世界中のひとに賞賛される未来を思い描くと、自然と早足になる。

河合社長との打ち合わせはうまくいっただろうか。

話したいということはなんなのだろう。

最寄り駅に着いた電車を降りたあとは小走りでマンションへと向かった。

豪奢《ごうしゃ》なエントランスに設置されているインターフォンで華宮のルームナンバーを押すと、

「はい」と覚えのある声が返ってくる。

「野々原です。遅くなりました」

「いや、大丈夫だ。いまオートロックを解除するから上がっておいで」

すぐに脇の自動ドアが開く。中へ入り、エレベーターに乗って上階を目指す。

華宮の部屋の扉はすでに開いていた。

「こんばんは」

「こんばんは、遅くに呼び立ててすまない」

華宮にしてはめずらしくルームウェア姿だ。ネイビーのリラックスしたスタイルも様になるなとこっそり見とれてしまう。

「いえ、大丈夫です」

「お腹減ってないか？」

言われた途端、腹の虫がぐうっと鳴り、耳たぶが熱くなる。

「空《す》きました。昼からなにも食べてないので」

「だと思った。ちょうど寿司をデリバリーしたんだ。一緒に食べよう。苦手なネタはないか？」

「ないです。お寿司は大好きです」

「よかった。じゃ、手を洗っておいで。上着は預かるよ」

「ありがとうございます」

コートとジャケットを脱ぎ、彼に渡す。サニタリールームで手を泡だらけにして丁寧に洗った。

リビングに入ると、四人掛けのテーブルにワイングラスが用意されている。

「野々原くん、ワインもいける口だったな」

「ええ。お寿司にワインというのも洒落《しゃれ》ていていいですよね」

ランチョンマットを敷く華宮は機嫌がよさそうだ。

河合社長との話し合いがうまくいったのだろうか。

そうこうしているうちにインターフォンが鳴り、デリバリーの寿司が届いたようだ。玄関で受け取った華宮が笑顔で大きな寿司桶《おけ》を抱えて戻ってくる。

「はい、どうぞ」

「わ、豪華……！」

大トロに甘エビ、ホタテにイクラ、ウニ。握りたての寿司は艶々していて、いかにも美味しそうだ。

華宮が冷蔵庫から白ワインのボトルを持ってきて抜栓し、ふたつのグラスに注いでいく。

向かい合わせに腰掛け、互いにグラスを掲げた。

「乾杯。今日はリアル店舗お疲れさま」

「華宮さんがいらしてたなんてびっくりしました。それに、和田監督のオファーの件もほんとうにおめでとうございます」

薄いグラスの縁を触れ合わせ、くっと呷《あお》る。きりっと冷やした辛口の美味しいワインだ。

「河合社長との打ち合わせ、うまく行きましたか？」

「ああ」

自信を持って華宮が頷き、イクラの軍艦巻きを箸でつまむ。美味しそうに咀嚼《そしゃく》したあとワインを呑み、やわらかな笑みを向けてきた。

「きみのおかげだ、野々原くん。和田監督は美意識に長《た》けた人物で、受賞作品も腕のいい衣装デザイナーがついていたが、あれとはまるで違う作品を撮るつもりなんだろうな。まさか私に白羽の矢を立てるなんて……どきどきしたよ」

「華宮さんでもどきどきするんですね」

「するとも。最近はとくに」

意味深に目配せしてくる華宮にうっかり見入っていたら、醬油《しょうゆ》をつけた大トロを落としてしまった。

「あ」

「醬油が飛んでしまったな。いますぐワイシャツを脱いでくれ。しみ抜きをしたほうがいい」

「で、でも」

「私のルームウェアを貸すから」

「すみません、ありがとうございます」

いったん食卓を離れ、サニタリールームで服を脱いでいると、華宮が姿を現し、彼が着ているのとは色違いのレッドのルームウェアを渡してきた。

「華宮さんでも赤を着ることがあるんですか」

「家の中ではな。さすがにパステルカラーは着ないが、ブルーやイエローのルームウェアもある」

「それはどうして？」

「仕事はモノトーンのみで構成している。それは私のポリシーでもあるんだが、家でぐらいカラフルな色を着てもいいかなと思って」

「いいですね。そういうの。でもこれ、まだ新品です。最近買ったんですか」

聞いてみると、華宮は照れくさそうに頬をさすり、「まあ、な」と言う。

実際に着てみると、サイズはぴったりだ。華宮のほうがひと回り大きいから、もっとぶかぶかだと思っていたのに。

「……それは、きみ用だ」

「僕？」

「ああ、いつかきみに着てもらおうと思って買っておいた。レッド、イエロー、ブルー、どれが似合うか考えて一応三色買っておいた」

「どうして……」

「どうしてだろうな」

恥ずかしそうな顔から一転、いたずらっぽく笑う華宮は、「寿司を食べよう」と誘ってくる。

「あと二枚ルームウェアがあるから、どんなに汚しても大丈夫だぞ」

「気をつけます」

今度は慎重に寿司をつまむ。活《い》きのいいネタはどれも美味しい。

「河合社長に和田監督の話をしたら大喜びだったよ。あのひとも和田さんの大ファンだからな。それで、ころっと手のひらを返した。『いまのままで行こう』って」

「よかった……心配だったんですよ。『ナイト・ギャルソン』がファストファッション化していくんじゃないかって」

「これまで十年、私は自分の美学を貫いてきた。それが和田監督のような方の目に留まり、脚光を浴びようとしている。彼の作品に花を添えられるのは個人的にとても嬉しいよ。セカンドラインの案にも、河合社長は快諾してくれた。若年層が手に取りやすい価格帯のアイテムがそろう『ナイト・ギャルソン』もあっていいんじゃないかと。――この先はやはり変わっていくかもしれない」

「どんなふうに？」

「和田監督と組んだら、メンズ以外にもレディースも手がけるかもしれない。モノトーンだけでは画面映えしないだろうから、さまざまな色を使うことになるかもしれない。以前、きみは言ったな。『変わらないでください。でも、変わることを恐れないでください』と。あの言葉がやけに胸に刺さった。時代や、関わるひとたちの影響を受けて、私の信じてきた美もすこしずつ変化していくのかもしれない。前まではそれをはねつけていたんだが、いまは違う」

寿司を綺麗に食べ終えた華宮がワインを呑み干し、真剣な顔を向けてくる。

「野々原朝陽くん、きみと出会ったときから私は変わったのかもしれない」

「華宮さん……」

まっすぐに見つめられて、顔中が熱くなる。

「きみがうちに入社してくれて、どんなに嬉しかったか。わかるか？」

「……あの、なにか理由が……？」

「ああ、大事な理由があるんだ」

ルームウェア姿の華宮は目尻をやわらかくし、「五年前」と呟く。

「私は店舗視察のために、『ナイト・ギャルソン』新宿店に店員として立ったことがある。そこに、学生服の男子がひとりやってきた。まだ若い彼がうちの服に惚れ込んでくれたんだろうか？　そう思ったら嬉しくて、つい声をかけてしまった。『なにかお探しですか』と」

時が過去に巻き戻り、朝陽の記憶の蓋を開く。

学校帰り、勇気を振り絞って向かった『ナイト・ギャルソン』新宿店は有名百貨店のメンズフロアにあり、制服姿の自分は確実に浮いていたはずだ。

しかし、どうしても店内に入りたかった。そのときもいまみたいな冬の季節で、店頭にはコートやダウンジャケットが恭しく飾られていた。

すこしだけでも触れてみたい。どんな手触りなのか確かめてみたい。

意を決して店に入ると、『いらっしゃいませ』とやさしい声がかかり、ほっとした。

――なにか、お探しですか。

そう問われ、しどろもどろになりながら、『シャツかネクタイか……あの、小物でもいいんですけど、「ナイト・ギャルソン」のアイテムがほしくて』と言うと、店員がにこやかに、『どうぞ、ご自由にご覧ください』と言ってくれたのだった。

「男子高校生はうちのファンだったみたいだ。目を輝かせて店内をうろうろして、シャツやニットに大切そうに触れていた。そのうち、スーツのラックで立ち止まって、ずいぶん長いこと肩のラインをなぞっていた。だから私は言ったんだ。『よかったらご試着なさいますか』と。男子高校生はびっくりしていたよ。それから大層恥ずかしそうに『そんなにお金がなくて』と言ったけど、私は嬉しかったんだ。私の創った服に惚れてくれている――そうわかったから、好きなだけ着てほしかった」

――よかったら、ご試着なさいますか？

いまでもよく覚えている。

ただの冷やかしとあしらわれたらどうしようとそわそわしていたのに、思いがけずもやさしい言葉をかけてもらえたのだから。

「まるでショウのように、男子高校生に似合いそうなニットやシャツ、スラックス、スーツも着てもらった。夕方だったが、店は空いていたから、次々に着てもらった。私の創った服を、実際に着てくれるひとがいる。それがわかっただけでも嬉しかったんだ」

「あなたは……華宮さん、あなたは……あのときの……」

「そう、五年前にうちの店に来てくれたきみに試着を薦めた店員だ」

「でも、……髪型も違うし、顔の印象も違う……」

呆気《あっけ》に取られた朝陽に、華宮は楽しそうに笑いかけてきて、髪を両手でかき上げる。

「デザイナーとしてデビューした頃から、私自身は商品ではないと思っていた。だからメディアにはめったに出なかったんだ。自分で言うのもなんだが、服より私が目立ってしまうのは本末転倒だ。だが、ふとしたことで身バレする可能性もあったから、髪をこんなふうにオールバックにして、眼鏡をかけていたんだ。五年前は私もまだ若かったからな。気づかなかっただろう」

「……ほんとうに、あのときの店員さん、ですか」

「ああ、ほんとうだ」

次々に新しい服を着させてもらえた嬉しさが勝って、店員の顔はおぼろげだ。

「伊達《だて》眼鏡がある。かけてみよう」

そう言って華宮は立ち上がり、ベッドルームから眼鏡ケースを手にして戻ってきた。そして目の前で眼鏡をかけ、髪をかき上げる。

「いかがですか?」

「……あ」

その声、その顔に記憶が一気にクリアになる。

店中の服という服を試着させてくれた店員がそこにいた。

「華宮さん、だったんですね」

「そうだ。思い出してくれたか」

嬉しそうな華宮が眼鏡を外し、にこりと笑いかけてくる。

「僕が、『お金がないんです』って言っても、『気になさらないでください。大人になったら、またうちに来て、そのときは堂々と『ナイト・ギャルソン』の服を買ってください』って言ってくれた……」

「そうだ。そうしてきみは大人になり、『ナイト・ギャルソン』に入社してくれた。最終面談の映像を見て、私はひと目であのときの男子高校生だとわかったよ。なぜだか、どうしても忘れられなかった。そんなきみが現れた。私の目の前に。運命なのかと思ったよ」

「運命……」

「柄にもなくひと目惚れしていたのかもしれないな。二度と出会えない相手――お客様だったのに」

　ばかみたいに繰り返してしまう。

「僕に触れてくれたのは……ただの気まぐれだと思ってました」

「そこまでひどい男じゃないぞ、私は」

「そう、ですけど、でも、あの……運命って、……ほんとうに？　僕のこと、すこしは好きでいてくれたんですか？」

「好きでもない奴《やつ》にキスする暇はない」

　あっさりと言って、華宮は朝陽の髪をくしゃくしゃとかき回してくる。

「ありがとう、うちに来てくれて。長いこと、うちの服を愛してくれてありがとう。きみは実店舗での仕事を希望していたが、思わず職権乱用してアシスタントにしてしまった」

「でも、最初に顔を合わせたとき、僕のスーツがダサいって言いましたよね……」

「『ナイト・ギャルソン』じゃないスーツだったからな。でも、ネクタイはうちのものだった。五年前、私が接客したときに買ったものだった。そこは褒めただろう？」

「そうですけど……」

　何度も同じ言葉を繰り返してしまうのは、まだこの事実がうまく飲み込めないからだ。華宮があのときの店員だったことも。

高校生の頃の自分を覚えていてくれたことも。

あらためていままでの日々を振り返ると、恥ずかしくてたまらない。

自分がどれだけ世間知らずで稚拙だったか。

彼のほうはすべて知っていたうえでアシスタントにつけてくれたんだろうに、自分ときたらあまりに役立たずで、生意気なことまで口走ってしまっていた。

「きみは、『オウリ』での服創りにいささか倦《う》んでいた私に新しい風を吹き込んでくれた。野々原くんが入社する直前までは、独立することも考えていたんだ」

だから最初の頃、ぴりぴりしていたのか。

「河合社長と衝突したからですか？」

「そうだな。それもある。『オウリ』の販路は広いが、『ナイト・ギャルソン』以外のブランドもある。予算も限られているし、スケジュールだってある。グループに所属しながらの服創りは意外と窮屈なものなんだ。だったらいっそ独立して——と思った矢先に、きみが入社してきた。待てば海路の日和あり、とはよく言ったものだな。それに、皆木や桐谷もいるし」

「おふたりとも、あなたのよき参謀ですもんね」

微笑むと、華宮は「うん」と頷く。

「彼らはよく尽くしてくれている。皆木たちを無責任に放り投げて自分だけ独立するのはためらわれた。それに、『オウリ』内で私がまだできることもあるんじゃないかと模索していたら、きみがセカンドラインの案と和田監督を引き当ててくれた。野々原くんはまさにガラスの靴を持った王子様だな」

「王子様だなんて、そんな。華宮さんのほうがずっと王子様らしいです。王様かな？」

「だったら、キングの私の言うことは絶対だ」

冗談めかした華宮がとんとんとひと差し指で、自分のくちびるを叩く。

「キスしてくれ、野々原くん。きみが私に惚れてくれているなら」

「……僕があなたに惚れているって確信してる顔ですね」

「蕩《とろ》けた顔を二度も見たからな。いまだって目元が潤んでる。……いや、こういうのは年上の男の役目か。では、あらためて告白しよう」

華宮が立ち上がり、朝陽の手を引いてソファへと移動し、腰掛ける。

そしてやわらかく肩を抱き寄せてきて、耳元で囁《ささや》いてきた。

「野々原朝陽くん、きみが好きだ、五年前からずっと、きみを想ってきた。どうか私の気持ちを受け入れてくれないか」

「華宮さん……」

低く甘い声が意識に染み渡る。

まだどこかで信じられないという思いがある。

けれど、いま着ているルームウェアは自分のために三着も用意してくれたのだと言っていた。

「五年前、あなたは僕にたくさんの夢を見せてくれたんですね。可能性の大きさも。実際にあなたの元で働くようになってから、その才能の深さに目を瞠《みは》りました。なんてエネルギッシュなひとなんだろうって。無駄なことは一切しない、妥協はしないといった冷徹さに怖《お》じけづいたこともあったけど……華宮さんが事故に遭ったとき、ほんとうに気が気じゃなかったんですよ。僕のほうが倒れるかと思った。そばにいられるだけで嬉しくて、お世話できるのも僕だけの特権なんだって嬉しくて……気づいたら、こころの中に華宮さんが棲《す》んでいました」

「それは、イエスということか？」

頬が熱いのを堪《こら》え、まっすぐ顔を上げた。

「あなたが、好きです。仕事に情熱的な華宮さんも、ちょっと弱った華宮さんも、大好きです」

「気が合うな、私たちは」

頬擦りしてくる華宮が耳たぶを甘く引っ張ってくる。

「きみを抱きたい」

彼にしがみつき、声にならない声で、朝陽は「僕も」と返した。

薄暗いベッドルームに誘われ、スタンドライトがふわりと灯《とも》る。

「――朝陽」

甘さを帯びた声で囁かれると、情けないほどにぐずぐずになってしまう。呼び捨てにされることがことのほか嬉しかった。

胸の奥がきゅんと疼《うず》き、彼の胸に両手をあてがい、背伸びをしてくちびるをぎこちなく押し付けた。

「初めてのきみからのキスだな」

「下手ですか、やっぱり」

「初々しくて新鮮だ」

大人の色気たっぷりな華宮にとんと胸をつつかれ、ベッドに組み敷かれる。

すぐにくちびるが重なってきて、舌が割り挿《い》ってくる。じゅるっと搦め捕られて一気に体温が上がった。

舌先をくねらせ、甘く、ずるく吸い取ってくるのも、華宮らしいやり方だ。

「ん……んっ……ふ……ぁ……っ」

経験足らずの朝陽に、この濃密なキスは酷だ。頭がぼうっとなって、彼のことしか考えられなくなってしまう。

舌を吸われながらも彼の手が首筋、胸、そして腰へと這《は》っていく。触れる場所から次々に新しい熱が湧き上がってきて、もどかしくなる。

もっと深いところまで来てほしいような、もうここでやめてほしいような。

だけど、ずっと好きだったのだ。止めてほしくなんかない。

「……っん……華宮さん、そこ……っ」

ルームウェア越しに胸をかりかりと引っかかれて、声が掠《かす》れる。

「そんなとこ、触っても……っ感じ、ません……」

「強がるな。きみのここは愛されたがってることはとっくに承知ずみだ。大丈夫だ、私に任せて。怖いことや痛いことは絶対にしないと誓うから」

「……っ……は、い」

全身を擦りつけてくる華宮にルームウェアをすぽりと脱がされ、下着一枚の姿になる。

無防備な格好で大の字になっていられるほどふてぶてしいわけではないので、なんとなく両手で胸を隠し、もじもじと膝を擦り合わせた。

そんな朝陽の前で、華宮は堂々とルームウェアを脱ぐ。もう何度か目にしたことのあるしなやかなバネをひめたような逞《たくま》しい肢体があらわになり、思わず見とれた。

「触れてみるか？」

指先を掴《つか》まれ、左胸にあてがわれた。

とくとくと鼓動が駆けていて、彼も興奮しているのだと知ったらほのかに嬉しい。

「まずは、ここ」

左足首を摑まれ、親指を口に含まれる。

「……っァ……！」

ねろりと舌が指の谷間を這い、くすぐったくてうずうずしてくる。がじりと軽く嚙《か》まれるのもいい。

そんなところを愛撫《あいぶ》されたことがなかったから、どう反応していいかわからない。

ただ、声をかすかに上げ、身体をつたなく揺らした。

「次は、ここ」

ひと差し指と中指をいっぺんに含まれ、ちろちろと舐《な》めしゃぶられる。甘く、むず痒《がゆ》い快感がそこから忍び上がってきて、朝陽を惑わせた。

「最後は、ここ。ふふ、きみの小指の爪はちいさくて可愛《かわい》い」

「ん……！」

薬指と小指を一本ずつ丁寧に舐められ、溶かされそうだ。

息が苦しい。深いところまで酸素が入っていかず、何度も胸を波立たせた。そのたびにちゅっちゅっと指を吸い上げられ、果ては足の裏にまで舌が伝っていく。

「や……くすぐった……っあ、……あ……あ……！」

土踏まずまでじっくり舐められ、踵《かかと》にきつく歯を立てられると、身体の中心がびくんと熱を持つ。

「朝陽は感度がいいな。足の裏まで性感帯だ」

「う……華宮さん、意地、悪い……」

すっかり蕩かされた足裏から、ツッツと舌先が這い上ってくる。そして硬く盛り上がった中心に手をかぶせ、やわやわと揉《も》みしだきながらそのままさらに舌を這わせてくる。

「……く……っ」

胸の尖《とが》りを舌先でつつかれたとたん、ひくんと身体がしなった。指で弄《いじ》られるのとまた違う、ねっとりとした感触に、どうしたって喘《あえ》いでしまう。

「や、っあぁっ、あっ……」

くにゅりと先端を舌で押し潰され、くちゅくちゅと噛み転がされる。ただ舐められるのではなく、前歯で軽く食《は》まれる甘い愉悦に存分に浸った。

そんなところ感じない、と言ったはずなのに、気持ちいいなんて。

自分の反応が怖くてぎゅっと瞼《まぶた》を閉じて両腕で覆い隠せば、「がら空きだ」と低く笑う声が響く。

「こんなにちいさな乳首が生意気に勃《た》って、ぽってりふくらんで……なんだかいじらしいな。もっと噛みたくなる」

「あ、んっ、んぅっ」

容赦なく吸いまくられ、きゅんきゅんした疼きが次から次へとこみ上げてくる。

鋭い快感がまたたく間に身体中を覆い尽くし、朝陽の理性を奪う。剝き出しになった本能はただひたすら華宮を追い求め、——もっと教えて、とねだっている。

もっと知りたい、もっと教えてほしい。あなたのことを。あなたの全部を。

ふっくらと腫れぼったくなった乳首を舐め転がしていた華宮は指で根元をつまみ、くりくりとよじってくる。充血した先端をちゅうっと吸われると、頭の中までどうにかなってしまいそうだ。

「ほら、朝陽のいやらしい乳首のできあがりだ」

「ん……やぁ……」

ふうっと息を吹きかけられると、ぶるぶると太腿《ふともも》の付け根が震えた。

立てた両膝を左右に割って、華宮が大きな身体をすべり込ませてくる。内腿のやわらかな部分を軽く噛みながらゆっくりと中心へと迫っていく。

「脱がすぞ」

「……っはい」

ボクサーパンツの縁に指が引っかかり、ずり下ろされる、とたんにぶるっと硬い性器がしなり出て、顔中がかあっと熱くなった。慌てて両手でそこを隠そうとするよりも早く華宮に手首を捉えられ、肉茎の先端にやさしくキスされる。

じたばたと抵抗したのに、雄々しい華宮はそそり勃った肉竿《にくざお》をじゅくりと頬張り、敏感なくびれを舌先で丁寧に辿《たど》る。

「あ……！」

そこから裏筋を舌先でなぞられると、さすがにくたんと力が抜け、朝陽はおのれの欲望に従うしかない。

「……っ……いい……、あ……あ……っそこ、や……嚙んじゃ……や……っ」

「ここが朝陽のいいところなのか。覚えておく。たっぷり愛してあげよう」

じゅっ、じゅっ、と何度も吸い上げられ、いまにも達してしまいそうだ。

長い指先で双果を揉み込まれたのが引き金になった。

うねり狂うような衝動が突き上げてきて、朝陽は思いきり背を反らし、声を上げた。

「だめ、だめ、イっちゃ、う、イく、イく……っ」

「このまま出せばいい」

「んー……っあ、あっ、ぁ……！　出ちゃ、……っ！」

身体の真ん中にひどく熱いものが走るなり、どっとほとばしりを華宮の口内に放っていた。

「はぁっ、あ、っ……あっ……あっ……」

「濃いのが飲めたな」

ごくりと嚥下《えんか》する華宮が濡《ぬ》れたくちびるをぺろりと舐め取る。その仕草ひとつだってやけにエロティックだ。

まだ繋《つな》がっていないのに、こんなに感じてもいいのだろうか。

四肢に力が入らず、ぼうっとしている朝陽の窄《すぼ》まりにそっと指が忍んでくる。

男同士のセックスがどんなものか、一応、知識はある。自分が華宮を受け入れるのは自然な形だと思えた。

「朝陽のここは狭いから、ローションを使う。きみを抱くと決めたときから用意しておいた」

華宮がベッドヘッドに手を伸ばし、長細いボトルを手にする。蓋をねじ開け、ボトルを傾けると、とろりとした卑猥《ひわい》な液体が彼の手のひらに広がった。

両手を擦り合わせると、にちゃりと音が響くのがなんとも淫らだ。

ローションを人肌程度に温めているのだろう。朝陽を怖がらせないために。

「けっして痛い思いはさせないから、安心してくれ」

こくんと頷いた。両腿を大きく開かされていることに羞恥心が募るけれど、これも大切なステップだ。

濡れた指がすりっと窄まりの周囲を探る。くすぐるように、引っかくように。だんだんとその範囲を狭めてきて、窮屈に締まる孔をやさしくこじ開ける。

「ん、う……っ……」

ぬくりと挿ってきた指につい身体が強張《こわば》る。

「力を抜いて、深呼吸して」

言われたとおり、深く息を吸い込んで吐き出すことを繰り返す。緊張のあまり冷たくなっていた指先もじわりと温まってきた。

それが伝わったのだろう。華宮が指をさらに押し込んできて、ぐるりと中をかき回す。

ざわりとした感触に身体が痙攣《けいれん》した。初めて味わう感覚だ。

身体の中を探られてすこし怖いけれど、つらくはない。大好きな華宮相手だからだ。

指はゆっくり時間をかけて挿り込んできて、抜け出ていく。

だんだんと奥へ奥へと挿ってくる指が上壁を擦った瞬間、「——あ」とせつない声が漏れ出た。もったりと重くしこるそこを探り当てた華宮は嬉しそうに、「ここだな」と言って指を抜き挿《さ》しし、きゅっきゅっと揉み込んでくる。

「あぁっ、や、そこ、そこだめ、なんか……っ」

「なんだ?」

「なんか、おかしく、なる……!」

「朝陽のいいところだ。大丈夫だ。私に任せて」

「ん——は……ぁ……っあっあっ」

じわじわとした快感に呑み込まれ、朝陽は身体をよじった。

もどかしいほどに気持ちいい。もっと強い刺激がほしい。

「か、みや、さん……っ」

「ああ。私も朝陽がほしい」

肉襞《にくひだ》をローションで濡らしきってから、華宮が身体を起こす。

『ナイト・ギャルソン』を着こなすために、鍛え抜かれた身体だ。彫刻のような引き締まった肢体にうっとり見とれ、おそるおそる視線をずらす。

太く、長い楔《くさび》は天を向いていて、亀頭がぬらりと光っている。それがなんとも淫猥《いんわい》で自然と身を引こうとしたが、すんでがっしりと腰を掴まれて引き戻された。

「好きだ、朝陽」

「……うん、僕も……あなたが好きです」

鼻先にキスがひとつ。

温《ぬく》もりにほっとするのと同時に、熱杭《くい》がぐうっと突き込んでくる。

「ん……あ──あ、っあっ……あっ！」

きつい場所を犯してくる肉棒の熱さに悲鳴のような声が上がった。

不思議と痛みはそれほどでもなかった。華宮が丹念に解《ほぐ》してくれたせいだろう。だけど、圧倒されるほどの塊に息が浅くなる。

華宮も慎重に腰を進めてきて、朝陽に熱が馴染《なじ》むのを辛抱強く待っていた。

それでも、じっとしているのはつらいのだろう。ずん、と突かれると頭の中まで串刺しにされた気分になる。

「つらく、ないか」

「ない……っない、です、だいじょうぶ、だから……もっと、きて……奥まで、きて……っぁあっ、あっ！」

ここまで来たらもういっそめちゃくちゃにしてほしい。なにもわからなくなるぐらい、彼の虜《とりこ》になりたい。

「いいのか？」

「いい……おねがい、だから……んんっ！」

額に薄く汗を滲ませた華宮が大きく腰を遣《や》ってくる。道筋を作るように、華宮のものは浅く、深く挿ってきて、朝陽を振り回す。狂おしいほどの快感が最奥から滲み出していた。苦しいはずなのに、もっと奥までほしくてしょうがない。

「朝陽……朝陽」

「か、みや……さん……っ」

「英慈と呼んでくれ」

「えい、じ、さん、あっ、中、すごい、熱い……っ深い……！」

「朝陽は気持ちいいか？」

「ん、っん、うん、いい……っ」

張り出したカリでしこりをごしゅごしゅと擦られ、言葉にはならない快感が身体中を駆け巡っていた。

苦しいけれど、いい。すごくいい。

華宮の形にくり抜かれてしまいそうだ。

繋がっている場所からずちゅずちゅと蕩ける音が聞こえて耳たぶが痛いほどに熱い。

彼の背中に手を回し、必死にすがった。ぎりぎりと爪を立てれば、この激しい抽挿もすこしはゆるまるかと思ったが、実際はその逆だ。

背中を引っかけば引っかくほど華宮は最奥に分け入ってきて、肉襞を執拗に擦り立てる。ローションの助けもあって充分に濡れた内側は甘苦しく華宮を締め付けるようだ。彼の端整な面差しが快感に歪《ゆが》む。

ずくずくと突かれ、最奥に突き当たったところでごりごりと亀頭を擦り付けられた。

「あ……！」

「奥まで挿ってるのが、わかるか」

「ん、ん」

必死にこくこくと頷く。

こんなにも暴かれるのか。自分でも触れられない場所に、華宮が挿ってきている。

太い肉棒で摩擦された肉襞が火照り、淫らに彼に絡み付いてしまう。彼がずりゅっと腰をひねると、いいところに当たって身悶《みもだ》えた。

自分だって彼がほしい。つたない動きで腰を振ると、華宮が嬉しそうに笑ってズクンと挿し貫いてくる。

「あぁ……っ……いい……いい……だめ、そこ、すごい、いい……っ……」

「その『だめ』はやめてくれの『だめ』か？」

「ち、違います……つづけ、て……もっと……奥、ずんずんってしてほしい……！」

「上出来だ」

言うなり華宮が肉洞にずぶりと突き立ててくる。

「ひ——ぁ……っあぁ……っ！」

想像を超えた質量と熱に負けて、ただひたすら泣きじゃくった。

気持ちよすぎてばかになりそうだ。互いのくさむらが擦れ合い、しっとり絡みながらも、たまにちくちく刺激してくるのがたまらない。朝陽のそこは淡く、対して華宮は濃い繁みだ。

根元まで押し込まれ、頭を抱え込まれると、彼とひとつになった気分に陥る。

ずっと、こうしていたい。身体の一番敏感な部分で華宮を感じていたい。

次第に華宮が腰をひねり、最奥をこじ開けるように動き出す。

「ア……ッん、んんっ、好き、好き、英慈さん、だいすき、う、っく……！」

「私も朝陽が好きだ」

中で感じる華宮の塊が一層大きくなる。

「だめ、もぉ、イきたい、イっちゃう……！」

「朝陽の中に出したい」

反り返った朝陽のものを扱《しご》く華宮の声も切羽詰まっている。

大きな快楽の波がすぐそこまでやってきていた。

「ッ――んん、んんっ、イく……！」

「く……っ」

肉洞をみっしり埋めている太竿がぶるりと震え、朝陽が極みに達して白蜜を漏らしたのと同時に、息を詰めた華宮がどっと奥をめがけて放ってきた。

「あ……っあ……っ……は……っぁ……っ……こんなの、してたら、……おかしくなっちゃう……」

「私もだ。最初からこんなに感じさせてどうしようと言うんだ、きみは？」

「僕、だって……」

にこりと笑う華宮が甘くくちづけてくる。

以前と比べると、ほんとうに変わった。

表情がやさしくなったし、よく笑うようにもなった。

小声でそう言うと、「きみが好きだからな」とさらりと返され、恥ずかしい。

「僕だって……」

「うん？」

「僕だって、絶対に五年前のあなたに惚れてたんですよ」

「長い両片思いだったな」

くすくす笑って抱き合い、髪や頬を撫でる。

いとおしい。

いまの気持ちを言葉にするなら、そのひと言だ。

繋がったままの内側で、華宮のものがむくりと大きくなる。

「何度だってきみがほしい、朝陽」

蠱惑的《こわくてき》な声で言われると抗《あらが》えない。自分だってまだ身体のそこかしこが疼いている。

「あなたに、溺れさせてください」

「私はとっくに朝陽に溺れてるぞ」

「もう……ばか」

互いに鼻先を擦り合わせ、くちびるを重ねていく。舌を深く絡め合う頃、体内にこもる熱がぶり返し、さらなる快楽を追い求めていた。

身体を奥深くまで重ねたのは今日が初めてだけれど、こころは五年前から繋がっていたのだ。

多くの可能性を見せてくれた華宮の手のひらに頰擦りする朝陽は微笑み、新鮮な快感に溺れていった。

終章

「華宮《かみや》さん、なにか飲みますか」

「そうだな、じゃ、オレンジジュースを。きみも頼め」

「かしこまりました」

内線を使い、オレンジジュースをふたつオーダーし、受話器を置いて振り返る。

暮れなずむ初夏の東京《とうきょう》の景色を窓越しに眺めている華宮は今日も『ナイト・ギャルソン』の漆黒のスーツに身を包み、惚れ惚れするほどの男っぷりだ。

映画監督の和田《わだ》が来店してから半年後の今夜、都内のホテルで会見が行われることになっている。主役はもちろん和田だが、新作に着手するという話のもとに、俳優陣に混じって、衣装デザインを担当する華宮も登壇するのだ。

会見は十八時半から。

控え室にあてがわれた一室で、彼に同行した朝陽《あさひ》は細々と世話を焼いた。といっても華宮は完璧で、スーツに埃のひとつもない。

「華宮さんがメディアに出るのって初めてですか?」

「ブランド起《た》ち上げの頃に一、二度雑誌に出たことがあるが、それ以来だな」

「あなたほどのいい男が表舞台に出たら大騒ぎになりそうです」

「今後はこころを入れ替えて、『ナイト・ギャルソン』の広告塔にでもなるか」

くすりと笑う華宮は届いたばかりのオレンジジュースに口をつける。彼の正面のソファに朝陽も腰を下ろし、ストローを咥《くわ》えた。冷たくて、フレッシュなジュースがとても美味しい。

華宮のアシスタントになって約一年二か月。さまざまなことがあった。桐谷と皆木はいまでもよき先輩だし、ハイネの美容院には毎月一回通っている。

アシスタントとして多忙な毎日ではあるが、隙を見つけては実店舗に足を運び、一店員として働くこともあった。やはり、リアルな客の声が聞ける場は大事だ。それを華宮にフィードバックし、彼もデザインに活《い》かしていく。

セカンドラインも大車輪で進み、この夏にはデビューすることになっている。

そこでは、朝陽が提案した手袋や、カフスにキーリング、ストールにバッグといった小物が比較的手に入りやすい価格で販売される。

セカンドラインの件はネットで主に大々的にニュースになり、早くも『『ナイト・ギャルソン』の手袋が欲しい』とか『バッグ、ちょうど買い替えたかったんだ』とか、好意的な意見が寄せられていた。

男性がメインの『ナイト・ギャルソン』だが、小物が出ると知った女性たちが、『前から「ナイト・ギャルソン」好きだったんだ。ストールならユニセックスで使えるよね』と言ってくれたのも喜ばしいことだ。

やっと、華宮のアシスタントとして成果を上げることができた。でも、まだまだ序盤だ。いずれ、『ナイト・ギャルソン』はレディースも手がけていくのかもしれない。そこでも力になれることがあればどんなことでも請け負いたいと思っている。

これから訪れる秋冬を彩る小物に客たちが楽しみにしてくれているのは、ことのほか嬉しい。まずは青山本店で扱うのと同時に、ネットでも販売することになっている。オンライン通販は今後、『ナイト・ギャルソン』でも大きな課題になるはずだ。

時代は変わってきている。そこに、華宮はしぶとく食らいつこうとしている。その姿が勇ましく見えるのは、彼に惚れた男の欲目というだけではない。『ナイト・ギャルソン』の一ファンという側面もある。

黒のスタイリッシュなスーツで身を固める華宮だが、一年二か月前とは違うことがひとつある。

胸元にさりげなく赤い薔薇《ばら》が飾られているのだ。

これは今朝、桐谷と皆木たちが贈ってくれた花束から一本引き抜いてきた。ベルベットのようなしっとりした赤い花弁が華宮の男らしさに色香を添えているようで、ひとときも目が離せない。

「意味深な目をしてるな、朝陽」

「……公の場では野々原とお呼びください、ボス」

低く艶のある声で名前を呼ばれると理性が蕩けてしまいそうだから、意識してみぞおちに力を込めて笑いかける。

「きみもだいぶ変わったよ。この一年二か月で」

「どんなところがですか？」

「芯がしっかりしてきた。以前だったら私と目を合わせると怯《おび》えた表情をすることもすくなくなかったが、いまは違う。まっすぐ私を――想ってくれている」

他の男が口にしたら逃げ出しそうな台詞《せりふ》も、整った顔立ちの華宮が言えば真っ赤になるしかない。

「それは……当たり前です。僕がずっと憧れていた『ナイト・ギャルソン』のデザイナーなんですから」

「デザイナーだから、だけか？　私本人にはちっとも興味がないか？」

「ちょっと意地悪いです、英慈《えいじ》さん」

思わずプライベートの顔が出てしまった。

「……興味がありまくるから困るんです。あの、僕たち、恋人同士……ですよね？」

「可愛いことを言う。なんだ、いまさら不安になったのか」

「そういうわけじゃないんですけど……でも、これからあなたはもっともっと広い世界に出ていく。たくさんのひとがあなたに集まる。美しいひとも、格好いいひとも大勢」

すかさず華宮が立ち上がり、すとんと隣に腰を下ろす。

そして肩をやさしく抱き寄せてきた。

「それでも、私の帰る場所はきみだけだ。それに、きみをひとりにしてどこかに行くつもりはない。きみは私の有能なアシスタントだろう?」

甘く囁いて、くちびるに熱が灯った。

まばたきする暇もないほどの短いキスだったが、こころを温めるには充分だ。

「精一杯、あなたの力になります」

「ああ、いつでも、どんなときでも私たちは一緒だ」

もう一度くちびるを重ねた。今度はしっかりと。

部屋のチャイムが鳴り響いた。慌てて身を離し、腕時計に目を落とせばもう会見十五分前だ。

スタッフが呼びに来たのだろう。

「端で見守っていますね」

「こころ強い。会見が無事に終わったら皆木や桐谷も呼んで一緒に打ち上げをしよう。そのあとは、きみをお持ち帰りだ」

「こころ得ています」

茶目っ気たっぷりにウインクすると、華宮が可笑しそうに笑い崩れる。その広い背中をぽんぽんと二度叩き、「さあ」といざなった。

「行ってらっしゃいませ。『ナイト・ギャルソン』の伝説の始まりですよ」

あとがき

初めまして、またはこんにちは、秀香穂里《しゅうかおり》です。

大好きなファッション業界が舞台です！　有名ブランド対ファストファッション、のような構図を描いてみました。

昨今、「ナイト・ギャルソン」のようなストイックな服はだいぶ減った気がしますが、やっぱり憧れますよね。

華宮《かみや》のように、おのれの信念を貫く服、私もいくつか所有しているのですが、年々わがままボディになってしまって悔しいかぎりです。身体《からだ》を絞らねば……！

この本を出していただくにあたって、お世話になった方々にお礼を申し上げます。

美しく、色気のある挿画を手がけてくださった八千代《やちよ》ハル様。他社様でもご一緒させていただいたことがあるのですが、キャラ文庫様でもご縁をいただけてとても嬉《うれ》しいです。

口絵がもうもう！　格好いいです……！　挿絵のほうもふたりの関係が絶妙で、思わず見入ってしまいました。宝物にいたします。お忙しい中、ご尽力くださいまして、ほんとうにありがとうございました。

担当様。ネタ出しからおつき合いくださり、誠に恐縮です。今後もご指導、ご鞭撻《べんたつ》のほどなにとぞよろしくお願いいたします。

そして、この本を手に取ってくださった方へ。最後までお読みくださってほんとうにありがとうございます！

たかが服、されど服。毎日着る服に愛着が湧く方もいらっしゃると思います。何シーズンも着続けたい服ってありますよね。片や、「流行の服を今年だけ着たい！」というのもあったり。自由に、そのひとに似合う服がこの世にはたくさんあります。着るたびにテンションが上がる服を、私もまた探しに行きたいです。

冬はアウターや重ね着が楽しいのですが、春夏の軽やかな装いも大好きです。

この本が、あなたにとってお気に入りの一着のようなものになることを願って、また次の本で元気にお会いしましょう。

秀香穂里

この本を読んでのご意見、ご感想を編集部までお寄せください。

《あて先》〒141-8202 東京都品川区上大崎3-1-1 徳間書店 キャラ編集部気付
「脱がせるまでのドレスコード」係

【読者アンケートフォーム】
QRコードより作品の感想・アンケートをお送り頂けます。
Chara公式サイト http://www.chara-info.net/

■初出一覧
脱がせるまでのドレスコード……書き下ろし

Chara

脱がせるまでのドレスコード

……【キャラ文庫】

2022年7月31日　初刷

著者　秀 香穂里
発行者　松下俊也
発行所　株式会社徳間書店
〒141-8202　東京都品川区上大崎3-1-1
電話　049-293-5521（販売部）
　　　03-5403-4348（編集部）
振替　00140-0-44392

印刷・製本　図書印刷株式会社
カバー・口絵　近代美術株式会社
デザイン　百足屋ユウコ＋タドコロユイ（ムシカゴグラフィクス）

定価はカバーに表記してあります。

本書の一部あるいは全部を無断で複写複製することは、法律で認められた場合を除き、著作権の侵害となります。

乱丁・落丁の場合はお取り替えいたします。

© KAORI SHU 2022
ISBN978-4-19-901073-6

キャラ文庫最新刊

脱がせるまでのドレスコード

秀 香穂里
イラスト✦八千代ハル

店頭販売を希望したのに、なぜかトップデザイナーのアシスタントに抜擢された新人の朝陽《あさひ》。初日から容赦のない激務に追われるけれど!?

白と黒の輪舞《ロンド》 刑事と灰色の鴉2

高遠琉加
イラスト✦サマミヤアカザ

天才マジシャンでバーテンダーの玲《れい》の恋人に昇格した、刑事の真柴《ましば》。けれど危険ドラッグの犯罪に、玲が関係していると告げられて!?

新米錬金術師の致命的な失敗

水無月さらら
イラスト✦北沢きょう

錬金術で生み出され、孤独に暮らす少年リュカ。ある日、見よう見まねで人体錬成を試みると、亡き師匠の面影を持つ少年が生まれ!?

8月新刊のお知らせ

久我有加 イラスト✦高城リョウ ［新入生諸君！(仮)］
水壬楓子 イラスト✦十月 ［記憶の声(仮)］
渡海奈穂 イラスト✦小椋ムク ［山神さまのお世話係(仮)］

8/26（金）発売予定